AF449762

Julia Soriano Nieto

NOSOTROS, LOS EXTRANJEROS

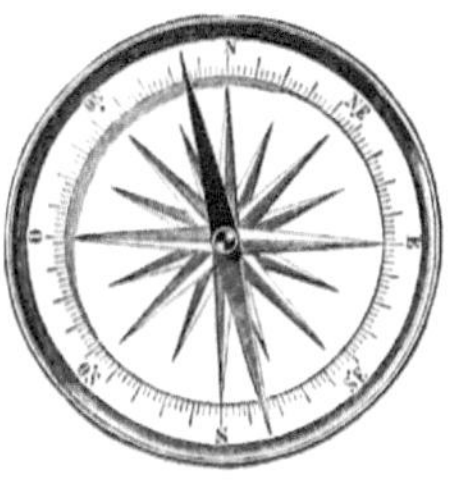

*Liber*LIBRO.com

ISBN 978-84-19152-62-6

9 788419 152626 >

NOSOTROS,
LOS EXTRANJEROS

Edición: Liberlibro.com
ISBN: 978-84-19152-62-6
Depósito Legal: AB 349-2022-2022

ESTE LIBRO está escrito basándome en las realidades más crudas, en las esperanzas más perdidas, en las historias de la maravillosa gente con la que me he cruzado en mi vida.

Cada verdad breve que acontece entre estas páginas es real, aunque, obviamente, se han cambiado nombres, lugares, nacionalidades, y porque no, destinos emocionales.

Todos deseamos lo mismo: querer, que nos quieran, y darnos a conocer. Es impresionante la cantidad de historias que uno puede oír sí, simplemente, nos tomamos la molestia de escuchar, pero de escuchar con el corazón abierto, de escuchar con la mente despejada, de escuchar desde la empatía, sin juzgar.

Todas las historias que van a leer, sin excepción, son tesoros de gente que me crucé en mi camino, me contó sin coacción, pidiendo a cambio solamente un poco de tiempo y amor.

Cuánto cambiarían las cosas si decidiéramos escucharnos los unos a los otros…

Este conjunto de experiencias, por tanto, es una transcripción a palabras de recuerdos que acunaban otras personas en sus cabezas. Mi única aportación ha sido el estilo de escritura y la dramatización de algunos hechos, sin ser por ellos tergiversados, aunque sí mezclados, para evitar suposiciones que pondrían cuestionar la intimidad y privacidad de los seres humanos que se desahogaron delante de mi persona. Les pido disculpas internas a aquellos de los que no conté su historia, y que quizá aparezcan, más tarde, en otro libro. Sabiendo de manera cierta, que la mayoría de los autores de estas aventuras, no sabrán de la existencia de estos relatos, desgraciadamente.

El mérito nunca fue mío. El mérito es de los demás por, simplemente, existir.

Cuantiosas son las almas hermosas que he encontrado en los caminos que he recorrido. Gentes errantes. Pieles de tierra y canela, cutis de marmoleada porcelana, teces de noche estrellada...

Colores y tonalidades para recubrir nuestros rasgos particulares. Tintes de naturaleza hambrienta de experimentos.

Que suerte tengo de haberme cruzado en vuestro camino.

Para después transcribiros a versos.

Mi alma os pagará con amor en futuras vidas. Gracias.

MAPA DE GENTE

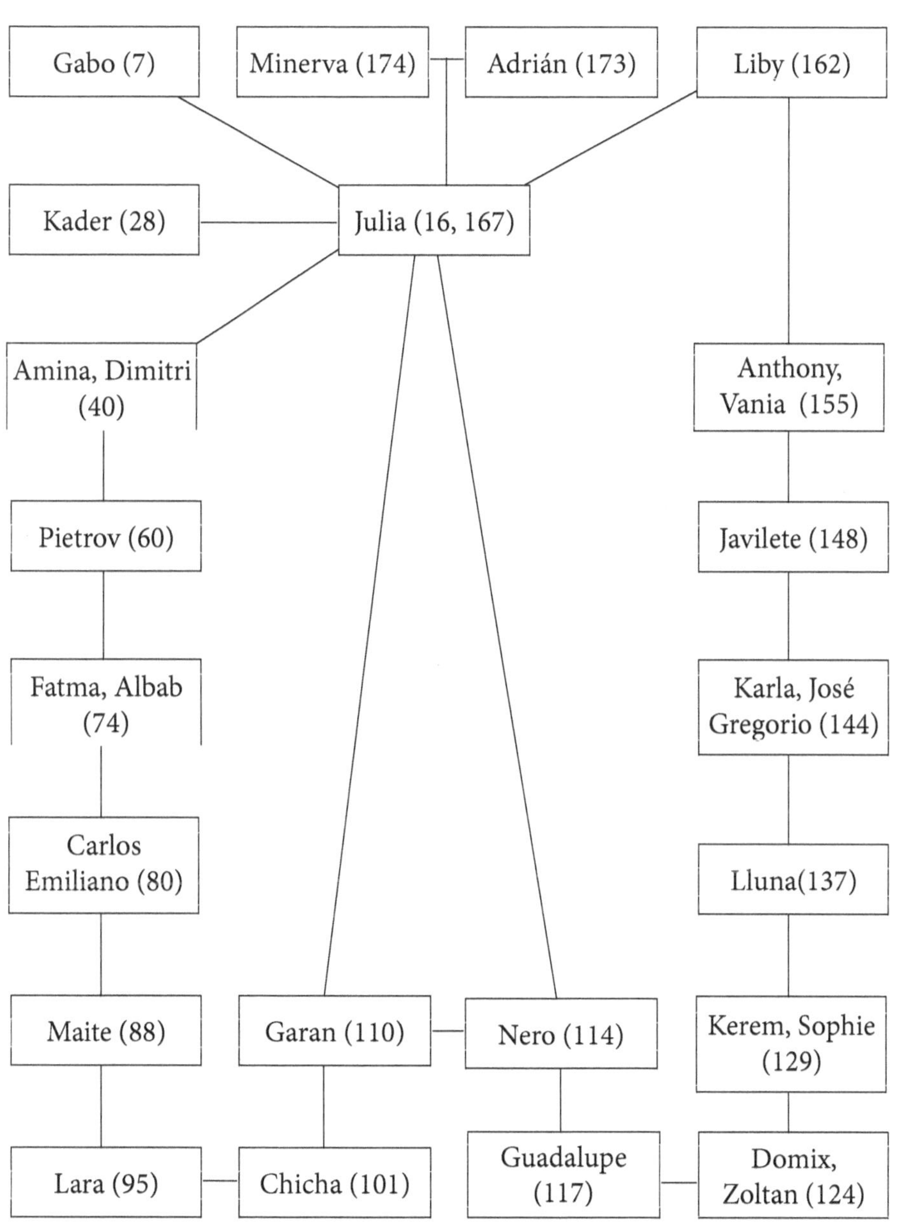

GABO

Años, eran años los que llevaba encadenado a esta silla odiosa. Esta silla que lo había visto crecer sin piedad desde los 16. Año por año, incansable, completamente falta de escrúpulos, esa fiel silla que nunca lo abandona, que nunca lo abandonaría.

La misma que le servía de soporte, que le servía de pies, que le servía de baño, que le servía de ancla, que le servía de palanca. La misma maldita silla en la que se había quedado clavado para siempre, desde aquel fatídico día en que ocurrió lo que tenía que ocurrir.

Gabo era un niño. Un niño bien. De los de padres mojigatos, colegio de pago y paella en casa de la abuela los domingos.

Todos los días se levantaba raudo, sin pereza ni pesar, a complacer a su madre en los quehaceres cotidianos. Para después acicalarse y encaminarse a la escuela con la raya del pelo en un lado, bien mesado y aplastado contra el cuero cabelludo. Una especie de ensaimada brillante es la que portaba como corona cada día de su amplia vida escolar.

Con lo que él había sido…Esbelto, alto, moreno, con el pelo ligeramente rizado, unos bucles con cuerpo, con volumen, con brío…. Siempre había estado muy orgulloso de su cabello. En su conjunto tenía una figura magnífica, impresionante, fibrosa.

Su cuerpo, ahora inútil, postrado, escamándose la piel semi muerta cual pescado moribundo, había sido adulado por compañeros, deseado por compañeras, reconocido por la élite de los deportistas que siempre existen en cada clase. En un tiempo que ya parecía haber pasado en otra vida, puede que incluso en otro mundo, había estado muy trabajado por horas intensas de entrenamiento y estiramientos.

Él había nacido para el baile.

Desde pequeño ya despuntaba maneras. Cuando su madre, a la que seguía cual satélite obstinado alrededor de toda la casa, le cantaba esas canciones en inglés roto, esas nanas y cuentos con entonaciones infantiles que tanto le habían marcado la existencia, él sólo bailaba. Bailaba y bailaba al ritmo de "The bear went over the mountain" de "Three little ducks" y de todo lo que su madre tarareaba rítmicamente con una dulce voz ligeramente desentonada.

Bailar estaba en su alma, estaba tatuado en su corazón, bailar era en realidad los latidos que alimentaban sus órganos y llevaban oxígeno a cualquier rincón de su ánima. La danza estaba escrita en su ADN, era su forma de expresarse, su forma de ser feliz, su manera, incluso, de respirar.

Se le llenaban los pulmones de sinfonías complicadas o simples, las que fueran. Las notas rítmicas impulsaban sus músculos, los cuales se movían más allá de su deseo, con autonomía, rebelándose contra la jaula en que su alma estaba encarcelada: su propio cuerpo.

Y su madre lo miraba, con esos ojos a medio camino entre el júbilo y el llanto, llenos de ternura y orgullo, entretenida y feliz, simplemente, mirándolo bailar.

Así habían sido sus comienzos, bailando para su madre, su mejor apoyo, su mayor admiradora. La mujer que lo animaba contra viento y marea, a fuerza de alimentarlo de sueños e ilusiones, y a base de evitar malignas miradas y rechazo de los demás, cosa que Gabo no comprendería sino unos años más tarde, cuando tuvo que enfrentarse sin su madre al mundo, sin la balaustrada de protección que su progenitora le había construido con constancia y amor a su derredor en los años más tiernos de su corta vida.

A estos primeros años le siguieron otros mucho más duros. Aunque él nunca había sufrido por el esfuerzo intenso y las largas horas que parecieron ser necesarias para formar su cuerpo y su carácter, a imagen y semejanza de las otras decenas de bailarines que alimentaban las largas colas de seres cargados de hambre y esperanzas, que esperaban eternamente, las escasas audiciones de las que se sacaban los próximos teloneros y acompañantes de profesionales más importantes que ellos, siempre más importantes.

Primero las clases extraescolares, la academia de baile de estilo libre, el conservatorio de danza, los caros campamentos de verano en el extranjero que unos pocos se podían permitir para mejorar sus estilos personales. Todo a fin de seguir las tendencias antiguas o actuales que el mundo del arte en movimiento imponía dictatorialmente a los nuevos cuerpos que en sus redes caían; dejando así que sus estilos personales, que el toque diferente que cada uno aportaba a sus movimientos, fueran, después de un tiempo, de todo menos personales...

Por todo pasó durante todos esos largos años para conseguir su sueño.

A decir verdad, él, esos largos años, no los sufrió. Su cejación para con los designios de su destino le mantenían vivas las ganas a todas horas. Todo lo contrario, orgulloso se sentía del sudor derramado en cada entrenamiento. Con la cabeza alta soportaba las burlas de sus compañeros de clase cuando alguno descubría de casualidad a lo que se dedicaba en su tiempo libre, y pasaba a propagar, cruelmente, la información a los demás compañeros para hacerlo objeto de burlas colectivas en los crueles recreos que acompañan a los alumnos durante su larga vida escolar.

En lo concerniente a su cuerpo, ignoraba callos y tobillos torcidos, muñecas doloridas y dedos ensangrentados, talones machacados y huesos curvados. Todo perdía importancia dado que el eco en su cabeza no hacía sino empujarlo hacia delante, hacia donde sólo se alcanza la luz al final de túnel. Hacia donde no hay ninguna otra salida porque uno no es capaz de imaginarse ningún otro destino para uno mismo.

A día de hoy, pensaba, o bueno, no pensaba, más bien sentía. Sentía profundamente todo este peso que ahora sí, se le echaba encima. Miraba la lluvia caer lentamente desde su ventana, sentado, siempre sentado, y sentía revivir todos estos recuerdos como un arrullo macabro por la parte trasera de su cráneo, un poco más arriba de su nuca, en el lugar en que se quedan estancadas las aguas turbias.

Maldito seas destino. Vaya giros más tétricos y fúnebres nos pones a la vuelta de cada esquina. Eres un grandísimo hijo de puta.

Ahora, después del desayuno, y con los recuerdos frescos torturándole la memoria, decidió que hoy no quería esperanza, hoy no quería optimismo, hoy no quería escuchar mensajes de ánimo a los que estaba obligatoriamente expuesto de manera intermitente. Hoy quería regodearse en su autocompasión.

Y aquí estamos. Tres años después de ese fatídico día.

Para ser honestos, ni siquiera recuerda todos los detalles de lo que pasó con nitidez. Le vienen a la memoria recuerdos, como flashes, como si mirara medio deslumbrado en las vivencias de otra persona las imágenes, rodeadas de un halo de luz cegadora. La luz de ese metro que lo arrasó en una milésima de segundo. La milésima en que perdió la mitad de su cuerpo, dejándola inerte para el resto de su vida. Un tren que no debía coger, un andén de metro en el que ni siquiera debería estar, una estación en la que, en realidad, ni debía haberse metido porque no lo conducía ni de lejos al destino al que se dirigía.

Sin embargo, ese destino que en realidad no era el suyo, lo acabó siendo… Malditas jugarretas de la fortuna….

Todo comenzó en el 1001, Brick Lane, Londres. Un 19 de marzo de hace tres años, día del padre en España. Había ido al 1001 tal y como asiduamente hacía. Le encantaba ese bar. Era un espacio de esparcimiento, ecléctico, dejado al libre albedrío del caos, organizado respetuosamente por cada alma que penetraba esas desgastadas puertas.

Eran las seis de la tarde. Ya había terminado su jornada laboral. Hacía ya dos años que se había ido a Londres y la vida lo había tratado muy bien, para variar.

En España su pasión por la música y el baile le había llevado a un aislamiento social, a un rechazo y a unos insultos que ni siquiera se atrevía a recordar: realmente hacían daño a los oídos. Sin embargo, Londres le brindó la oportunidad que siempre había esperado sin siquiera ser consciente de ello: el anonimato. Allí él era uno más, un transeúnte extranjero, varado en el movimiento incesante de la segunda población más políglota e internacional del mundo: Un paraíso para su creatividad y una oportunidad de reconocimiento.

De todos es conocido, que las sociedades donde se mezclan tantas costumbres, religiones, idiomas y formas de vida, hacen que los prejuicios y la ética férrea se diluyan, siendo esparcidas y sesgadas a la interpretación más libertaria, o, simplemente, olvidadas en el proceso de descolapso mental que aprovechan las mentes abiertas al deshacerse de antiguas creencias ancladas por las costumbres sociales impuestas, a las que inevitablemente estamos expuestos desde el nacimiento.

Bien, como decía, eran las seis de la tarde en Londres. Una tarde ligeramente lluviosa pero templada. Él había salido de la escuela privada donde impartía clases de danza a niños de entre 9 y 11 años. Tenía niños y niñas en una proporción casi igual. Dios como amaba esta ciudad….

En las mañanas asistía a clases en la Real Escuela de danza inglesa, tres tardes de cada cinco las pasaba enseñando, y los sábados por la mañana se juntaba con un grupo de latinoamericanos que practicaban Urban Dance. Estaba aprendiendo mucho de ellos.

El caso que, a las seis de la tarde, él ya estaba en el 1001. Con sus mesas desplazadas a gusto de los clientes que hubiera en ese momento, con sus sillones de segunda o tercera mano, ligeramente desgastados y roídos, dándole a todo el bar un toque bohemio de una época romántica venida a menos. Un bar donde uno se encontraba japonesas vestidas y maquilladas como personajes de manga junto a punkies con crestas tintadas de colores neón, a números casi iguales. Equiparádamente ecléctico al mobiliario de este edén llamado 1001, lo era la gente que lo frecuentaba: los que cambiaban la disposición de las sillas según las necesidades grupales de los que se encontraban allí en un momento determinado. Maravilloso.

Él sostenía una pinta. Hoy había ido sólo. Su compañero había accedido a enseñar piano a una niña adinerada que era bastante torpe con las teclas. Pero pagaban bien, y no estaba la ciudad como para desperdiciar oportunidades de hacer dinero extra.

Se aburría ligeramente, aunque practicaba su mejor pasatiempo: observar las idas y venidas de la gente. Ánimas metidas en embalajes de tan distintos colores y tamaños, de facciones sumamente dispares, si es que nos atreviéramos a compararlas, de lenguas que con seseos y balbuceos y sonidos guturales distaban tanto las unas de las otras… Maravillosa torre de Babel.

De repente las vió. Eran dos. Dos chicas de apariencia completamente normal: vaqueros, zapatillas de lona, camiseta de un solo color y sin nada especial que reseñar. La una ligeramente más delgada y morena que la otra. Se miraban con complicidad, se reían, se hablaban sin parar, con un halo de indisolubilidad que las hacía impermeables a las personas de su derredor. Realmente, de tan comunes, eran radicalmente distintas.

No estaban consumiendo más que una pinta. La compartían de la misma manera que dos hermanos hambrientos comparten un trozo de pan, equitativamente: un trago tú, uno yo. Y cientos de palabras adornando las pausas que dejaban entre trago y trago. Parecían amigas; ni colegas, ni compañeras de trabajo, ni personas de esas con las que tienes que quedar necesariamente, aunque sea lo último que te apetezca en ese momento. Amigas de las de horas de conversaciones, amigas de confidencias, amigas de esas que se esperan pacientemente hasta el próximo reencuentro para desbocar sus caballos personales con toda la confianza del mundo y contarse las mil cosas que llevan esperando contarse desde la última vez que la vida las dejó estar juntas.

Las observó un rato. Se acabaron la pinta. Se levantaron y se dirigieron hacia la pista de baile que había disponible en la sala de al lado.

Y ahí las siguió. Y lo que vió a continuación lo dejó embrujado, enraizado al suelo, anonadado. Ellas bailaban, la una enfrente de la otra, música animada y mezclada, sin llegar a ser techno. Pero había algo especial en su forma de bailar. No era unas bailarinas especialmente buenas, porque en realidad usaban esa música para dejar a su cuerpo fluir sin ningún tapujo. Ellas bailaban lo que les salía del alma a través del cuerpo. Ellas dejaban escapar lo que fuera que llevaran dentro como si estuvieran completamente solas y locas, pero especialmente locas y solas. Es como si nadie de las decenas de personas que estaban allí en realidad existiera para ellas. Bailaban solas, la una con la otra, pero sin ni siquiera tocarse, despacio, emanando libertad en cada movimiento, transpirando hermandad entre ellas, respeto con el entorno. Curiosamente, con sus movimientos abrieron más espacio personal de baile que del que disponían las demás personas, pero con respeto, sin empujar, como si una burbuja completamente invisible les estuviera reservando un espacio del que nadie más tenía derecho a disponer. Estaban ampliando el lugar disponible con la buenísima energía que desprendían.

Gabo se quedó anonadado mirándolas, disfrutándolas durante minutos…

En un determinado momento, decidieron irse. Intercambiaron un par de palabras y salieron de la sala de baile. Atravesaron el bar de cabo a rabo, sin dudar ni parar. A él le fue difícil seguirlas hasta la calle.

Una vez fuera, aminoraron el paso, se paseaban comentando momentos del pasado compartidos con una algarabía propia de dos enamorados.

Gabo estaba embrujado por su presencia, las siguió toda la calle abajo hasta la siguiente parada de metro. Allí se metieron raudas, de repente, les perdió la pista. Empezó a dudar sobre qué dirección del metro tomar. Bajó las escaleras en dirección oeste, no las vió. Las buscó desesperado con la mirada, temía no encontrarlas. Había llegado hasta aquí por ellas. Su trayecto no tendría ningún sentido si las perdía ahora. Estaba lejos de su casa en un metro que ni siquiera era el suyo.

De repente las vió, estaban a lo lejos, en el andén de enfrente, continuaban riendo… Parece que se estaban turnando para hacer el pino contra las paredes de estos túneles viejos. Esbozó una sonrisa ante esta visión, esas chicas eran raritas, éso le gustó. Rápidamente se dio la vuelta y se dispuso a subir las escaleras de tres en tres, tenía que llegar a la conexión de direcciones y cambiar la suya por la dirección donde las chicas se dirigían, por el andén en el que ellas hacían el pino y se sujetaban la barriga, que ya les dolía ante los espasmos de risa. Al fin llegó al andén. Que peso más grande se liberó en su corazón al verlas allí, a unos metros, riendo.

Pensó en hablarles, pensó en decirles que no sólo le habían alegrado ese día, sino unos cuantos de los venideros. Pensó confesarles que el amor y la amistad que se profesaban eran dignos de envidia y admiración. Pensó en pedirles que nunca perdieran esa conexión que compartían. Pero le dio vergüenza. Estúpida vergüenza…

Le dio reparo y siguió caminando en su dirección hasta que las pasó de largo, temporalmente las dejó atrás y, cuando estaba a una distancia prudente, se giró y comenzó a andar de espaldas, disimulando, pero inhalando la eterna energía que las dos emitían incluso en la distancia.

Seguían riendo cuando el suelo desapareció bajo su pie derecho. Un abismo se abrió ante él de manera abrupta. A cámara lenta vió a la gente girarse, oyó comienzos de gritos, algún chillido rápido desesperado. Alcanzó a ver la mirada de una de las dos chicas, había vuelto su cara hacia él. Lo que dejaba escapar su femenino rostro no auguraba buenos presagios. Mientras caía lentamente, giró la cabeza y se vió frente a él de repente. Una mole de metal, una luz cegadora, un chirrido ensordecedor...

Se despertó con las vías respiratorias pegajosas, una presión inmensa en el pecho y la mitad inferior de su cuerpo dormida en el limbo de la inexistencia por el resto de su realidad.
Ahora desde la semioscuridad de su cuarto, y de su alma, piensa y se entristece. Ojalá pudiera ver a esas chicas una vez más. No las culpa, no se culpa. Encontró su destino observando la energía infinita que desprendían, y ahí se quedará a pastar, en esos prados verdes que conforman los recuerdos de la noche en que descubrió ese maravilloso sentimiento de libertad.

JULIA

4:10 de la mañana. Belp, Suiza. Nueve bajo cero. Maldito despertador…

Todos los días, en estos momentos en que uno está a mitad del camino entre la realidad y los sueños, me pregunto: ¡joder!, en serio, ¿qué mierda hago yo aquí?

No es que no esté feliz, no es que no quiera hacer lo que estoy haciendo aquí. Es simplemente que es increíblemente agotador. A duras penas llego a dormir seis horas al día. Y no es precisamente que lleve un modo de vida en el que pueda descansar durante el día, ni física ni psicológicamente.

Hace ya tres meses que decidí venirme a Suiza. Razones: las de siempre. El amor es el que mueve el mundo oigan, y quien no me crea es porque no se ha visto en una situación radical en la que necesariamente tenga que elegir.

El caso es que aquí estoy. Vine sin trabajo, con una especie de voluntariado-beca de estudiantes apalabrada, para un trabajo del que no solo no sabía nada, sino que además prometía ser uno de los mayores retos a los que me iba a enfrentar en mi vida. Ahora, desde la distancia que da el tiempo, y el poderle llamar pasado a lo que ya ha pasado, lo corroboro. Se avecinaba un giro de 180 grados en mi mentalidad.

Pero llámenme la atención, pijo, no me dejen andarme por las ramas que no terminamos nunca.

Bueno, 4:10 de la mañana. Belp, Suiza. Nueve bajo cero. Me levanto de la cama, me visto en silencio. Vivo con gente a la que le quedan al menos dos horas y media más de sueño. Entablo una conversación en alemán con esta cafetera inteligente que me habla, para, a duras penas, tratar de convencerla de que me saque lo más parecido a un cortado que albergan sus entrañas. De vez en cuando me reclama atenciones por sus escasos favores. Que si "wasser", que si "gemahlenem kaffe"… Sus requerimientos me crispan los nervios. Voy a acabar siendo una maestra en la oratoria alemana solo para conseguir un café en las gélidas mañanas de invierno…

En fin, salgo por la puerta y lo que me recibe no es una fresca brisa matutina, no. Háganse a la idea, 90 cm de nieve que cayeron durante la noche, nieve fresca, de la que cruje, de la que se va compactando conforme pasan las semanas sin que las temperaturas suban de menos tres, hasta transformarse en hielo, del que escurre, debajo de nuevas capas de nieve crujiente, transformando las calles en una pista de esquí camuflada debajo de un manto de crujiente de algodón de azúcar blanco… Una maravilla en cuanto a pasear se refiere.

En fin, pala y a despejar la entrada. Con el paso del tiempo me hice experta en agarrar una bolsa de basura, de las del reciclaje, fuerte y resistente, y deslizarme por la entrada y escalera abajo cada mañana. Una gran idea en cuanto al ahorro de tiempo y esfuerzo se refiere.

Veinte minutos de paseo en esas condiciones hasta la estación de tren más cercana. Dos horas cuarenta minutos de viaje en tren al trabajo, tomando tres trenes distintos. Gracias a Dios en algunos de ellos me puedo echar una cabezadita, o al menos, descansar los ojos mientras me sumo en el limbo de mis pensamientos. Y también gracias a que el sistema de trenes suizos, aparte de ser puntualísimo, está tan perfeccionado en términos de logística, que puedes llegar casi a cualquier pueblito del país sin tener que esperar entre tren y tren más de diez minutos.

Mi trabajo: una escuela de autistas y otros niños con desórdenes mentales diversos no catalogados. Una maravilla donde no sabías si hoy serías atacado con ansias de muerte por un niño de 16 años con más capacidad muscular de la que tú tienes: A una compañera un niño de 7 años le pegó un bocado y le arrancó un trozo de carne del brazo. Directa al hospital por supuesto.

Mi trabajo: una escuela de autistas y otros niños con desórdenes mentales diversos no catalogados. Lo repito porque, como lectores, puede que hayan pasado rápido leyendo casi por encima, y no hayan integrado todo lo que ello implica. Un aprendizaje desmesurado de humanidad en su estado más natural, de amor incondicional, de una piedad sin pena ni hipocresía. Una lección sobre lo que realmente importa en la vida. Un establecer prioridades a ritmos vertiginosos.

No me siento inspirada. Lo siento. Ni siquiera para pensar con coherencia. Las vivencias son muchas:

- Dar de comer a una niña con problemas motores que no podía masticar su propia comida, agarrarle las mandíbulas y tratar de que la masticación forzada surtiera algún efecto y ayudara a su estómago a digerir la comida. Acariciarle la garganta para incitar a deglutir los purés apestosos que constituían la mayor parte de su alimento. Mientras te mira, con ojos espasmódicos que intentan fijarse en un punto en tu cara, un objetivo no falto de esfuerzo, como única forma de agradecimiento que podía expresar.

- Sostener a un niño entre dos personas, uno tratando de insertarle comida en la boca, mientras el otro le placa las manos en un intento desesperado de que no se meta el dedo en el culo tratando de comerse su propia mierda.

- Conseguir quitarle una manía autodestructiva a un muchacho con asperger de dieciocho años, el cual se hacía úlceras en las manos rascándose las costras de las heridas abiertas hasta que la pus formaba parte mayoritaria del conjunto de tejidos que conforman sus manos. Para intentar que no se abriera las heridas, le conté que tenía una pomada mágica, sacada de una fórmula que Mickey Mouse había ideado en la película de Magia (estaba obsesionado con las películas de Disney, se sabía todo el audio de decenas de películas de dibujos animados en 8 idiomas: inglés, japonés, francés, alemán, italiano, chino, español y algún idioma del norte de Europa, no recuerdo si noruego o danés). Cada día le ponía una crema con camomila y menta que había sustraído del piso donde habitaba. Una vez puesta le recordaba que no se podía tocar, porque cada semana Mickey me preguntaba sobre el progreso de sus heridas, y si no se curaban pronto, no le permitiría más ver sus películas.

El muchacho estaba emocionado, nunca lo vi tan inmerso en la persecución de una meta. Me escuchaba mientras se golpeaba la cabeza con el puño, reía sus carcajadas provenientes de otros mundos paralelos que sólo él entendía, recitaba todos los horarios del tren de alta velocidad que pasaba por la estación de su ciudad: los horarios de verano y los de invierno. Los cambios detallados que había habido por obras tanto en los horarios como en el recorrido alternativo que ofrecían los trenes. Todo un cerebrito mi lindo. Aunque ligeramente violento en ocasiones.

- Hacer juegos de asociación de imágenes de animales con sus respectivos nombres, tratando de sostener las manos del niño de 11 años encima de la mesa para evitar que se masturbara de manera compulsiva. Y mientras, ir viendo que realmente sus capacidades de aprendizaje son asombrosas.
- Perseguir corriendo a niños realmente especiales por las calles, mientras gritan, hacen aspavientos, se bajan los pantalones, increpan a la gente, quieren tirarse de lo alto de un muro, se van arrancando mechones de pelo a estirones, escalan a un árbol… Todo ello mientras se realiza alguna de las múltiples actividades para la inserción de los muchachos en la sociedad, portando por ende patines de línea, patines de hielo (porque todas están situaciones ocurrían ocasionalmente en una pista de patinaje sobre hielo), con una raqueta corriendo alrededor de una pista de tenis,

en las zonas de pasto de caballos cuando tocaba terapia con animales ecuestres…

Y ver, que no importa que tan duro sea, que no importan las lágrimas de desesperación que se derramen, las de impotencia, las de lástima, las de incomprensión, las de empatía… Que no importa el cansancio físico, que es mucho más llevadero que el agotamiento sicológico. Y que ninguno de los dos compite, ni de lejos, con la satisfacción de enseñarle a uno de esos niños a hacer fila, a respetar a los demás, a no autolesionarse, a multiplicar, enseñarle vocabulario teniendo que usar toda tu capacidad imaginativa para inventarse juegos alternativos que ayudaran a ese niño en concreto a prestar una atención pasajera para adquirir esos conocimientos.

Nada se compara con la plenitud humana que se siente cuando, de repente, descifras la retahíla de palabras sin aparente sentido que llevan repitiendo incansablemente cientos de veces al día durante el último mes, y de repente, hay un click en tu cabeza, entra una perspectiva distinta y cobra sentido todo lo que esa persona estaba tratando de comunicarte, pero que tu cerebro, inútil y acostumbrado a los canales socialmente aceptados, había sido incapaz de interpretar.

Créanme, el mayor fallo no está en esos cerebros distintos, está en el conformismo de los nuestros. En nuestras costumbres aceptadas que nos restan flexibilidad. Esta gente baraja millones de posibilidades más por minuto de las que nosotros aplicamos automáticamente, sin pensarlas siquiera, sin contrastarlas, sin cuestionarlas.

Así pasaron los días, las semanas, los meses. Enamorándome de una profesión que no podía mantener. Hasta que se me acabó el contrato.

Había pasado decenas de noches de sueño, meses de compartir casas donde no tenía ni un centímetro cuadrado de espacio privado, meses de nomadismo físico y vital, meses de enseñanzas con un valor incalculable y que, sospechaba, me acompañarían toda mi vida.

Hasta que, interioricen, se me acabó el contrato...

Pero déjenme darles algunos detalles más que resuman la humanidad que los humanos "normales" nos estamos perdiendo.

Durante mi estancia en la escuela, estuve encargada principalmente de dos niños en dos épocas completamente distintas. El segundo, Adel, era un niño de doce años, bajito, moreno, de facciones prometedoramente atractivas. Adel llegó a la escuela sin hablar ni una palabra, se pasaba el día con los dedos índice y anular metidos en la boca, con la yema de los dedos tocando el paladar superior, y haciendo continuamente un ruido repetitivo parecido al sonido de comunicaciones que hacen los delfines entre ellos. Un chasquido grave y reticente que repiten rítmicamente.

Su padre, Kader, era un hombre anímicamente destrozado, físico nuclear de renombre, originario de Arabia Saudita, que vivía sólo con su hijo en condiciones infrahumanas dividido entre un trabajo muy importante que requería de muchas horas, y un hijo muy dependiente que requería de muchas más. El día que Kader entró por la puerta con Adel, yo vi a un hombre masacrado pidiendo ayuda, portando de la mano a un joven tesoro que se consideraba a sí mismo más en estado salvaje que civilizado.

Estuve trabajando durante meses con Adel. Este niño necesitaba atenciones, necesitaba una compañía, necesitaba alguien que se pasase el día a su lado, alguien que lo amase, alguna directriz que gobernase su vida. Es un niño que, aparte de venir al colegio, pasaba mucho tiempo solo en su casa, acompañado siempre por una cuidadora, o por su padre, pero poco tiempo con atención personalizada.

Desde el primer momento que me lo dieron, traía los ojos ausentes, te miraba sin siquiera verte. Reía compulsivamente y no paraba de hacer su ruidito como un delfín varado en medio del secano: perdido, anclado, encerrado. Esclavo de las normativas y las costumbres de la gente que había construido el mundo a su antojo y semejanza. Mundo en el que no encajaba, en el que escogía, voluntariamente, no estar.

Traía todas sus puertas de acceso cerradas, incluso los ojos, y los dedos llenos de llagas por estar en contacto con saliva continuamente. Los dientes llenos de caries, las orejas sucias, el pelo graso, olía a no haberse duchado durante días. Igual que el padre. Los dos necesitaban ayuda.

Tener alguien así en casa sobrepasa a cualquiera.

Me puse enseguida a trabajar con él.

Durante días Adel seguía ausente, hacía sus ruidos, se balanceaba de alante a atrás rítmicamente, no participaba absolutamente en nada: para moverlo de la silla, lo tenías que levantar a estirones de ropa y dirigirlo hacia el comedor o el baño. Se hacía sus necesidades encima, y cuando le obligabas a mirarte, a que aterrizara desde su propio mundo a éste en el que estábamos inmersos, la risa nerviosa le ganaba la batalla y, sin poder parar de carcajearse histéricamente, caía de la silla, y se tiraba minutos tumbado en el suelo riendo y sin reaccionar a ningún estímulo externo…

Sin embargo, día a día, se fue acostumbrando a mi voz paciente, a mis preguntas sin respuesta, a mi cambio de tareas en una enseñanza personalizada 1:1 donde no lo dejaba ni respirar sin mí.

El cambio empezó cuando las supuestas enseñanzas que yo le impartía tomaron un tinte de juego. En ejercicios motores donde tenía que elegir una carta entre varias o levantar cubiletes, le agarraba la mano y se la dirigía, con un toque de broma y juego, hacia donde se supone debería dirigirla. Una primera ligera sonrisa se esbozó en la comisura de sus labios, a un lado de esos dedos metidos en la boca. Una sonrisa proveniente de un estímulo externo, sin mirarme a los ojos. Una reacción al entorno.

Un nuevo mundo de esperanza se abrió ante mi mirada. Dios mío, el milagro. Lo felicité, le di palmas, me levanté de la silla y me puse a bailar, lo vitoreé, y allí, en ese instante, me miró, se sacó los dedos de la boca y rio, rio, rio, rio… No me lo podía creer, me estaba mirando, estaba conectando conmigo... Se estaba riendo de manera controlada, siendo consciente, regalándome unos instantes de intercambio de comunicaciones. Y fue entonces cuando le dije:

- Adel, que guapo estas sin los dedos en la boca. -

Se los volvió a meter y empezó a aullar, de una manera silenciosa, casi aullándole a su propio hombro, a un volumen muy comedido, como un llanto ahogado. Me senté frente a él, sabía que me había pasado, que necesitaba tiempo para ir tomándome confianza poco a poco, o volvería a ser hermético. Un cumplido es inmanejable para personas que no pueden entender las emociones. Y esta última frase no va dirigida específicamente a autistas.

Se pasó el resto del día ululándole a su hombro y con los dedos en la boca. No me miró más durante todas las lecciones que nos tocaban, pero yo, me fui a la estación de tren, y estuve pensando en esa sonrisa durante las 2h 40 min que tardaba en llegar a ese glaciar en el que vivía.

La vida me dejaba ante dos opciones: el día siguiente podía ser la vuelta al hermetismo, o el comienzo de la cosecha de unos frutos que había estado cuidando durante semanas. Ninguna de las dos era decisión mía.

Qué lindo mi destino cuando, al día siguiente, Adel me saludó con una mirada rápida. Una mirada señores, una mirada fugaz, pero directa a mis ojos. A mis ojos… Quien ha tratado con autistas sabrán el paso que eso significa.

A ese momento siguieron semanas de júbilo. Adel me miraba, me escuchaba, reía conmigo, incluso de vez en cuando participaba en las actividades educativas.

Yo lo alentaba con apuestas. Lo retaba a estar cinco minutos sin meterse los dedos en la boca. Si los estaba le hacía un baile y lo vitoreaba. A todos los niños, autistas o no, les saca sonrisas el ridículo ajeno hecho de manera voluntaria. La misma recompensa se llevaba cuando participaba en las actividades y acertaba (que era el 100% de las veces). Empecé a darme cuenta de que era mucho más inteligente de lo que le tocaba ser por edad, así que empecé a inventarme actividades y, sobre todo, traté de incentivarle el lenguaje.

Jamás había pronunciado una palabra en mi presencia. Su padre aseguraba que antes, en tiempos en los que era más manejable por la edad, hablaba palabras sueltas. Y no sólo eso, comprendía alemán, francés, inglés y árabe. Que increíble la mente de estos niños, son realmente superdotados a unos niveles que no podemos clasificar, porque no podemos comprender, porque somos como perros discapacitados al lado de ellos. Y aunque parezca exagerado, les aseguro que he tenido ocasión de comprobarlo en múltiples oportunidades que me ha regalado la vida.

En fin, mi estrategia fue seleccionar las actividades que tenía masterizadas y volverlas un juego de lenguaje. Sin preaviso, yo saqué como cada día lo que dictaba el horario, se lo puse delante sin pronunciar una palabra, ordené la actividad tal y como siempre lo hacía y lo miré.

No me miraba. Alguna mirada furtiva y desinteresada a la actividad. Aburrimiento, claramente, era lo que sentía. Todo estaba muy por debajo de sus capacidades. Lo miré, sonreí y empecé a hablar como un locutor de radio retransmitiendo un partido de fútbol, a mil por hora, decenas y decenas de palabras en un monólogo en el que me preguntaba y me respondía a mí misma todo lo que dictaba la actividad que debía ser preguntado y respondido, cambiando continuamente de timbre de voz.

Éxito total, me miró con ojos como platos y una sonrisa de medio lado. Yes. Lo había conseguido. Había llamado su atención con algo que no había visto jamás. Empecé a resolver la actividad por mí misma, como si fuera él el que ejecutaba las acciones, sin parar de hablar a velocidades inusitadas, mencionando nuestros nombres cada vez que la conversación supuestamente cambia de interlocutor. En este punto se reía, sacaba los dedos de su boca y se reía, mirándome con una mirada a la que, seguramente, había perdido la costumbre de mostrar. Me observaba como hacen los niños cuando se lo están pasando bien con alguien a quien aprecian: con confianza, dejándose llevar. Una mirada que los mayores ya casi solo usamos para nuestros amores y parejas. Una mirada de cariño. Vaya una mirada…

Yo reía y seguía. El resto de las profesoras que había en la sala me miraban estupefactas, cuchicheaban entre ellas, no salían del asombro. Pero yo decidí obviarlas, ignorar el entorno, en esa sala estábamos Adel y yo manteniendo una conversación super animada a través de la voz de un locutor desatado, loco, ido... El mundo entero se paró para otorgarnos un momento mágico. Y cuando se me secó la boca, cuando me ganó la risa, cuando me fallaron los recursos, quedamos los dos, riendo a carcajada limpia, Adel se volvió a meter los dedos en la boca entre risa y risa, y en medio de dos risas, pronunció una palabra, con voz ronca, viniendo de una ultratumba desconocida, rozando unas cuerdas vocales desacostumbradas por la falta de uso, una sola palabra: Julia. Y siguió riendo…

Me paralicé y comencé a llorar. Dejando escapar las lágrimas por mis ojos nada más, silenciosamente. Y le dije gracias, gracias, gracias un millón de veces. Mis lágrimas lo desconcertaron, y se volvió a cerrar. Pasó el resto del día sin mirarme, reenganchado a sus llamadas de delfín encallado y balanceándose en toda silla en que su cuerpo se sentaba.

Los días pasaron, las palabras fueron saliendo una a una por su boca. La que más pronunciaba era chocolate, dado que, si no lo pedía, jamás le daba ni un mísero pedazo. Adel fue acostumbrándose a mis locuras, riendo con mis juegos, sacándose los dedos de la boca más a menudo cada día. Dejó de hacerse sus necesidades encima, iba al baño por sí solo y, lo más sorprendente, se lavaba las manos al terminar. Comenzaba a mirar a sus compañeros, a ser consciente de donde se encontraba, y cada día venía más feliz al colegio.

Bendito seas Adel. Cuanta felicidad me trajiste con tu mera existencia.

El colegio se acabó, llegaron las vacaciones de verano, y nunca más te volví a ver.

Aún te echo de menos. Que será, que todos los alumnos especiales que pasaron por mis manos, se guardaron un precioso hueco en mi corazón. Quizás sea la dificultad de conexión, el descubrimiento de cerebros muy superiores al tuyo, el agradecimiento que demuestran sin demostrar cuando conectas con ellos…

Un autista es un trabajo muy duro, sin embargo, es un regalo caído del cielo para aprender, no de sus limitaciones, sino de las nuestras, que son mucho más amplias y cuantiosas que las suyas. Me quito el sombrero.

Ese verano, después de romper con mi vida en Suiza, decidí irme a Londres, donde había dejado mucha gente que me quería. Donde había dejado el primer lugar del mundo en que me sentí como en casa.

Lo primero que hice, por supuesto fue llamar a Elena. Bendito ángel alado de libertades no costumbristas.

Esa noche decidimos salir, despejarnos después de llevar todo el día encerradas, comiendo tostadas con un huevo frito encima y latas de frijoles entomatados. Una vez tomada la decisión de salir a dar una vuelta, el destino hacia el que nos encaminarían nuestros pasos estaba claro. Tomamos el metro, sin casi dinero en el bolsillo, en Finsbury Park, nos bajamos en Liverpool Street y andamos Brick Lane hacia el norte.

Allí estaba, cuánto lo había echado de menos, cuántas veces había rememorado viejos tiempos. Elena, yo y el 1001.

Hoy había menos gente de la usual. No teníamos dinero ni para una pinta. Nos sentamos tranquilamente en ese paraíso multicultural donde nadie juzga a nadie, donde se respira libertad.

Casualidad o destino, la vida nos sonrió regalándonos unas monedas perdidas en uno de los desvencijados sillones de este caótico decorado. Alguien con bolsillos más llenos que los nuestros había extraviado algunas libras entre los cojines del sofá. Nos compramos una pinta que compartimos a partes iguales, mientras hablábamos y reíamos como si el tiempo y la distancia no estuvieran autorizados a causar estragos entre nosotras, como si nunca hubiera tomado aquel avión que me llevaría lejos, separándome de su lado.

A la izquierda un grupo de grunges de buen rollo, a la derecha tres paquistaníes con el traje de su religión, enfrente un muchacho delgado y fibroso, que se entretenía mirando a la gente mientras, seguramente, esperaba a que llegara su compañía. Nos pasamos a la sala de baile. Bailamos como siempre, con los ojos cerrados, pasando del entorno que nos rodeaba, pasando del mundo, hasta que caíamos rendidas del cansancio.

De camino a casa toca pedir algunas monedas para pagar el metro. Esta vez decidimos hacer el pino doble en el hall de la estación de metro para ver si había suerte. La hubo: juntamos algo de calderilla.

De repente unos gritos, un chirrido monumental de frenos, luces muy intensas y algunos llantos ahogados. Nos acercamos a ver qué estaba pasando. No pude contener un grito de horror…

KADER

Querida Julia:

El día que tomaste el autobús de vuelta a tu país se me partió el corazón. Se me quedó la sangre en las venas tan congelada como las aceras de esta fría ciudad, me quedé repentinamente huérfano, perdido, violentamente desalentado. Pero entiendo. A pesar de todos mis sentimientos, alcanzo a ser objetivo, y comprendo perfectamente que, ante mis insistentes llamadas, no cogieras el teléfono. Si yo hubiera sido tú, tampoco lo hubiera hecho.

Sin embargo, me gustaría que comprendieras algo sobre mi persona. Quiero explicarte la historia de mi vida, esta historia que nunca me atreví a contarte en persona, y que, sin embargo, ahora necesito que escuches para conseguir quedarme en paz conmigo mismo, aunque sea por mail.

Yo nací en una familia con cinco hermanos. Todos varones. Soy el segundo mayor de todos nosotros. En casa siempre hubo una jauría de gritos, una algarabía de empujones, un alboroto de risas y travesuras.

Mi madre nunca había sido una mujer feliz. Se le notaba cada día en que nos levantábamos y la veíamos llevar sus quehaceres frente a la mirada impasible de mi padre, que jamás estaba ni dispuesto, ni amoroso, ni paciente, ni expectante, ni ninguna cualidad que se le puede atribuir a una persona enamorada. O al menos a una persona respetuosa y de convivencia fácil. Y quién podría culparlo si los casaron con 16 años mi madre y 19 mi padre, por un matrimonio de conveniencia, tal y como se viene haciendo desde siempre en esta sociedad.

Mi país, es un país caluroso, marrón, soleado, abrasador. No solo en cuerpo, sino también en alma. El país donde me crié, el país donde las mujeres son lo más importante, el país donde el matriarcado existe de puertas para dentro, mientras que, de puertas para fuera, los hombres se envalentonan de manera exactamente proporcional a en la que en su casa no pudieron hacerlo. Mi casa no era ninguna diferencia, mis cuatro hermanos y yo habíamos nacido de un matrimonio no deseado entre primos de sangre. Llevábamos una historia larga y amplia sobre casos de espectro del autismo en mi familia. La falta de mezcla de genes nos espetaba a gritos las consecuencias a la cara. Pero nadie la escucha.

Mi tío Mohamed, en un ataque de decepción por no poder contrastar la dirección que un viento repentinamente acelerado había impreso a las nubes, asesinó a golpes a su madre, después de una vida entera de no dirigirle la palabra. Mi primo Alabi, se pasaba las horas encerrado en su cuarto, en una esquina, a oscuras, mientras se le caía la baba, se hacía sus necesidades encima y pretendía resolver grandes problemas de la física cuántica a gritos para que sus padres, desde el otro lado de la casa, pudieran escuchar su bramante inteligencia. Mi cuñada Nahari, una mujer dulce y pomposa, de maravillosas curvas que enloquecían a cualquiera, todos los días comía aire, cocinaba aire, compraba aire en el mercado y a su marido y a sus hijos les servía un aire inexistente completamente sazonado de múltiples especias imaginarias. Era la vecina la que se ocupaba de darles de comer tanto al marido como a las criaturas. Una mujer que, quién sabe si por ataduras, por desesperación o por diferencias en conexiones neuronales, dedica su vida a martirizar la de los demás a gritos, a arrancarse mechones de pelo durante las noches en vela que pasaba en la salita, al lado de una taza de té caliente, e invisible para el resto de los ojos humanos que la avistaban.

Ahí, en todo ese vocerío de desbarajustes, nací yo, el segundo varón de una familia bendecida con 5 varones en total, 3 de ellos, los tres menores, tocados de nuevo por el fantasma del diablo enmascarado en autistas enterrados en vida…

Crecí en una fantástica niñez en donde yo, y mi hermano mayor, éramos los agraciados, los queridos, los adorados, por tíos, abuelos, sobrinos, primos… Todo un elenco de familia cercana donde compartíamos lazos inconexamente, no sabiendo ya si nos tocaba ser tíos, primos o sobrinos de cada uno de los componentes familiares.

Mis tres hermanos menores, sin embargo, fueron encerrados, bajo llave, en una misma habitación, haciendo que mi padre se avergonzara de sus genes, de los genes de su mujer: mi madre, a la que golpeaba a diario culpabilizando del deterioro genético de una familia que llevaba entreverándose durante decenas y decenas de años.

Yo tenía 14 años, ella 16, era mi prima de sangre, o quizás sobrina, ya ni recuerdo, ya no le podía seguir la pista a la línea de parentesco. Éramos una pareja de locos hormonados que no podían aguantarse las ganas. Aquella tarde lucía el sol como siempre, en un cielo completamente despejado. Lucinda, se llamaba mi prima, nombre bonito donde los haya, importado de una telenovela latinoamericana que mi madre veía, en versión original, en la televisión por cable, en casa de la señora de la guardia militar religiosa, escondiéndose de maridos, hombres en general y cualquier tipo de miradas inquisidoras.

Lucinda era guapísima, morena, con las facciones bien marcadas, unas cejas ligeramente espesas, pero perfectamente peinadas. Su nariz, terminada en punta, era realmente peculiar. No abundaba en nuestra zona una nariz con tanta personalidad, tan puntiaguda, tan fina, tan salvajemente airada. Lucinda me miraba, estuvo meses y meses mirándome, cuando iban a tomar el té sus padres, ella y un hermano a casa los míos. Lucinda me miraba, mientras cogía el Baklava, mientras mordía suavemente la punta de la pasta, mirándome a los ojos, lascivamente, restregando la miel que chorreaba por sus dulces y gruesos labios. Yo la observaba de refilón, a mitad de camino entre la timidez y un calentón imposible de disimular, ardiendo por dentro, a punto de explotar. Lucinda llevaba años esperándome, al menos tres, aunque yo, antes de aquel día, no me había dado cuenta de lo en serio que iban sus propuestas silenciosas en público. Nuestro deseo quedó consumado en la despensa de la cocina de mi madre, mientras las mujeres, y solo las mujeres, discutían en la cocina enfrente de una taza de té y de licor de flores de importación: altamente prohibido públicamente, en mi casa se disfrutaba, gracias a un tío militar que hacía tiempo que se había ido a Estados Unidos, y que de vez en cuando nos mandaba lujos prohibidos.

Lo mío con Lucinda fue rápido, falto de experiencia, carnal, pero aterrador. Yo no sabía lo que hacía, dudo que ella lo supiera, sin embargo, allí estábamos, yo dentro de ella, sin saber cómo movernos, de repente exploté, no me dio tiempo a reprimir el pequeño grito que se me escapó. Ella, sorprendida, se apartó de mí, se arregló su ropa interior, me dio una bofetada, y salió corriendo sollozando, airada.

Desde aquel momento deseado por los dos y tan sumamente frustrante, a los tres meses y medio, entró su madre en mi casa como un remolino, chillando como solo las mujeres árabes saben hacerlo, mentaba a todas las madres de toda mi raza. Lucinda la seguía de lejos, llorando desamparada, sollozando como si llevara ya demasiado tiempo derramando lágrimas en soledad.

Mi madre, escandalizada, salió de sus aposentos, era la hora de la siesta. Recorrió todo el patio interior con las manos en la cabeza, pensando que algo muy malo había ocurrido, creyendo lo peor, mientras sus tres hijos estaban amordazados en la habitación de arriba, y los dos mayores viendo la vida pasar en el patio de abajo.

La madre de Lucinda me buscaba a gritos, blasfemaba, me maldecía. Yo no sabía que estaba pasando. Mi madre la retuvo cómo pudo, la arrastró hacia la cocina, le imploró el silencio que los vecinos requerían para aparentar que llevábamos una vida tranquila y sosegada.

Después de 4 horas hablando en la cocina, después de 4 horas en las que nosotros: mi hermano y yo, nos desentendimos y seguimos a lo nuestro, mi madre salió con lágrimas en los ojos, nos buscó, se puso delante de mí, me miró con sus maravillosos ojos oscuros y me abofeteó la cara tres, cuatro, cinco, seis veces. Imprecándome juró que le diría a mi padre todo lo que había hecho, todo lo que Lucinda se había dejado hacer, manchando su impecable reputación familiar. Y así, se fue directa a buscar a mi padre, que no andaba lejos, olvidándose de taparse ni el cabello ni la cara, olvidándose de las maravillosas trenzas sujetas con flores azules que llevaba prendidas a lo largo de su morena cabellera. Olvidándose absolutamente de todo, desafiante, se fue a pedirle explicaciones a mi progenitor, y por supuesto, lo encontró.

Un mes y medio después Lucinda: mi prima y yo, nos casábamos, en una ceremonia harto escasa, sencilla, encerrada, avergonzada, con una barriga asomando levemente por la parte donde antes había un vientre plano.

Lucinda, qué desastre, yo no me quiero casar, yo quería huir de aquí, yo no quería más autistas, yo no quería matrimonios, yo no quería religión, yo no quería niños, yo no quería esposa, yo no quería Arabia Saudita.

Desde aquel día mi única meta fue salir de allí.

En la escuela estudié, destacando, como era ya habitual en mí, en física, química orgánica, física cuántica, física nuclear… Me especialicé todo lo que pude, en la universidad de dos ciudades más allá.

Así me escapé de Lucinda, así me escapé de mi esposa, así me escapé de mi vida. Lucinda lloraba cada día por teléfono. Me lloraba desde el teléfono del bar de abajo del ridículo antro donde dormía en mis tiempos de estudiante, me lloraba desconsoladamente, nuestro hijo, Adel no era normal. Adel no le contestaba. Adel no le agradecía. Adel no la miraba. Adel metía sus dedos en su boca continuamente. Adel hacía sonidos. Adel no pronunciaba palabra. Adel tenía el diablo dentro, como mis hermanos, como mi tío, como mi cuñada. Adel tenía el diablo…

Y fue así, huyendo, como conseguí una beca en Estados Unidos, dos años después de que naciera mi hijo. Así hice mis maletas sin mirar a Lucinda a la cara. Hice mis maletas cargadas con sus gritos, con sus llantos, con sus manos abofeteando mi espalda, con sus uñas castigándome los brazos. Hice unas maletas cargadas de resentimiento, de sentimiento de culpabilidad, de necesidad de desaparecer. Así hice la maleta mirando a mi hijo, que, desde una esquina, con la espalda apoyada en la pared, nos miraba riéndose ante tanto grito: una risa nerviosa, perdida, con los dedos dentro de la boca, sin parar de mirarnos, rodando por el suelo.

Siguió un año en la "University College of Minnesota", dónde acabé un "Master Degree" en ciencias, con la nota más alta que había conseguido nadie en los últimos 20 años. Seguidamente me dieron una beca durante año y medio en Canadá, donde, a pesar de ser un clima demasiado duro para mi desacostumbrada piel, a pesar de tener la nieve por encima de la cintura la mayor parte del año, a pesar de casi no poder ir a clase por las condiciones climáticas que rodeaban mi pueblo, a pesar de las clases online, de lo perdido de la situación, de las llamadas de Lucinda, de los reproches de mi madre, de las condenaciones de mi padre… A pesar de todo, conseguí graduarme con honores cum laude. La mayor nota posible.

Ello me llevó especializarme en física cuántica y física nuclear. Me convertí en un diseñador de proyectos, diseñador de los proyectos más grandes y más importantes que la humanidad haya conocido. Así se oyó hablar de mí en Europa, así me concedieron una beca de investigación de dos años en la "United Kingdom University" que me llevaría a ser el científico de más renombre de medio planeta.

No tardaron en llamarme de CERN. Querían que diseñara el acelerador de partículas, la única máquina que sería capaz de hacer lo que ninguna otra había hecho nunca. Presenté un proyecto, tardé un año en concebirlo, en maquetarlo. Un año casi sin dormir, un año que se me pasó en la penumbra de un estudio en mitad de la Europa central donde no habíamos más que estudiantes de universidades de pago.

Envío el proyecto, espero la respuesta… Fueron tres meses aterradores, si no me aceptaban no sabía que iba a hacer con mi vida. No podía volver. No podía Lucinda. No podía Adel.

Finalmente, buenas noticias. Me seguía acompañando Alá. Mi proyecto fue aceptado. Una mañana me llamaron de Ginebra, ya estaba todo listo, me esperaban, me habían buscado una casa en la frontera entre Suiza y Francia, cerca de un pueblo llamado Gex, al lado de una granja, en un barrio habitado principalmente por extranjeros europeos. Me pagaban el alquiler, la manutención, y todo el desarrollo del proyecto. Mi nombre iba a estar en las revistas científicas más valoradas de todo el planeta.

Mi nombre iba a ser pronunciado por doquier. Yo era el elegido, ponían a mi disposición un equipo de 3 personas trabajando en turnos para cubrir las 24 horas al día. Para que incluso esas ideas que se me ocurrían a las 5 de la mañana, tuvieran cabida en el proyecto, y fueran hechas realidad.

Lucinda también oyó de mí. Aparentemente, con orgullo, mi familia presumía de mis éxitos en el extranjero. Además de presumirme, obviamente, me pedían dinero. No entendían que las becas no dan para alimentar a una familia árabe de 23 personas. Yo me dediqué a darles largas durante meses. Ginebra no es un sitio barato. A pesar de que yo no gastaba dinero, iba de casa al trabajo y del trabajo a casa. Ginebra no es para nada un sitio asequible para bajas rentas.

Lucinda seguía oyendo de mí: de su marido huído, del padre de su criatura, el que los abandonó. Llamó a su hermano, le dió a Adel como si de un fardo de patatas se tratara, y le prohibió que volviera con él, jamás. Con lágrimas en los ojos le rogó desconsoladamente: dáselo a su padre. Dáselo a él que lo puede mantener. Dáselo que lo lleven a un colegio. Dáselo que lo puedan pasear por la calle: allí los niños así pueden ver la luz solar sin ser apedreados por un pueblo enaltecido religiosamente tratando de ahuyentar al diablo. Dáselo que no esté aquí encerrado, dando alaridos, de manera nerviosa, todo el día, balanceándose contra la pared, golpeándose la cabeza, escondido ante una sociedad supersticiosa y basada en las apariencias, que, si bien son los reyes de la hospitalidad, sus creencias más viscerales llevarían a matar a un niño de estas características… Pobre diablo. Dáselo.

Se pusieron en contacto conmigo de improvisto, me pidieron el dinero para los billetes: primo, te lo suplico… Una vez agotada la vía de la piedad sin éxito ninguno, me regañó, me acusó de haber abandonado a su hermana, a mi hijo, de haber defraudado y avergonzado a la familia y haber escapado de un destino que era el mío desde que nací.

Yo hice una transferencia, él compró los billetes, acompañó a Adel, se subió al avión, lo aguantó durante las 7 horas que se tardan desde Riyadh hasta Ginebra, en el espacio extremadamente reducido que comprenden esos raquíticos asientos de avión en clase turista. Mucho más reducido teniendo en cuenta las necesidades y movimientos de mi hijo. Desembarcaron, me saludó muy sécamente, lo invite a comer, esperó otras 3 horas y cogió el avión de vuelta.

Allí me quedé. Mirando a mi hijo hacer sus pantomimas descoordinadas, observándolo. Tenía las mismas facciones que yo, pero mucho más guapo, mezclado con la belleza de su madre. Mi hermosa Lucinda. Mi injustamente jamás amada Lucinda.

Adel me miraba, desconcertado. Su madre se había encargado en los últimos meses de enseñarle fotografías mías: entre ataque y ataque, las observaba riendo nerviosamente, con los dedos todavía metidos en la boca.

Su madre se había encargado de que me reconociera cuándo llegara este momento, cuando recién aterrizado en un aeropuerto, me viera la cara.

Aun así, Adel empezó a chillar, gritaba como si estuviera poseído por una bruja despechada. Se sacó los dedos de la boca con la única finalidad de que sus gritos fueron más vocalizados y agudos. Agarró un estante de una tienda del dutyfree. Lo zarandeó como si su única intención fuera estrangularlo hasta la mismísima muerte. Uno de esos estantes de gafas. Las gafas salieron despedidas a diestro y siniestro, disparadas, en absolutamente todas las direcciones imaginables. La gente se dio la vuelta, nos miraba. Mi pequeño (que ya tendría unos once años) se tumbó en el suelo, rebozándose cual croqueta por estas gafas esparcidas por toda la superficie de la tienda. Aquello empezaba a tornarse una locura. Traté de agarrarlo, de sostenerlo, de levantarlo, de ponerlo en pie, cualquiera de estas opciones me valía. Pero tenía mucha fuerza este nuevo niño cuya existencia, se puede decir, acababa de advertir. Este hijo mío que no me acataba, al cual yo no reconocía, al que no me apetecía encontrar, que jamás obedeció a nadie, que sospecho jamás admitiría obedecer.

En ese momento supe que todo estaba echado por la borda. Que así, de esa manera, con ese niño, no iba a poder trabajar, no iba a poder pensar en mi proyecto, no iba a poder dormir por las noches suficiente para estar fresco y dilucidar las fórmulas matemáticas que cada mañana uso rutinariamente, no iba a poder alimentarme bien, no iba a poder pagarle una buena manutención, no iba a poder darle lo que el necesitaba, no iba a poder asegurarme a mí mismo los mínimos indispensables para seguir llevando la vida que hasta ahora había llevado, no iba a poder tener la lucidez en mi vida diaria para ser siquiera persona.

Fue alguien quien me recomendó un colegio. Un colegio en la Suiza francesa, en un pueblo, a orillas de un lago. Un colegio especializado en niños con problemas del trastorno autista, en niños con otro tipo de necesidades, en niños que no se integran por un funcionamiento "disfuncional" de su órgano pensante. Aunque en mi tierra lo llamáramos tener al diablo metido dentro…

Allí acudí, allí llevé a Adel guiado por alguien de mi trabajo, allí lo acogieron, allí me pagó CERN la educación de mi hijo, allí me quedé, allí te conocí, Julia, y allí supe de otra mujer que las tardes las echaba cuidando autistas. Allí conocí de tu existencia, y de la existencia de María. Allí empezó a cambiar mi vida.

El resto ya lo conoces, pasaba las tardes contigo, paseábamos con Adel, así te lleve a CERN, te enseñe mi acelerador de partículas, más bien mi proyecto, porque, como sabes, al final nunca me lo dieron. Allí empecé a verte como una persona distinta, abierta, simpática, cariñosa, paciente. Nunca jamás había visto a nadie tener tanto amor por mi hijo, nunca jamás había visto a alguien que, tan cariñosamente, le arrancara las palabras una a una, que le pusiera tan cerca la cara de la suya, sin miedo, sin necesidad de apartarse ante el repugnante olor de las llagas en los dedos. Allí, y así, me fui enamorando de ti, perdido, era la primera vez en mi vida que me enamoraba de verdad.

Nunca antes, había mostrado ningún interés por ninguna mujer, jamás, aparte de algunos escarceos físicos, había sentido la necesidad de compartir mi tiempo con alguien. Una mujer libre, una mujer libertaria, tan distinta de todo lo que yo había visto antes. Una mujer con ganas de conocer, inteligente, con curiosidad, y, sin embargo, con una humanidad que la había llevado a dedicarse a cuidar de los demás. Una mujer que empujaba a mi hijo en el columpio, una mujer a la que no le daba vergüenza que Adel chillara, que se tumbara que se arrastrara por el suelo del parque mientras las otras madres nos miraban, horrorizadas. Una mujer que jugaba al fútbol con mi hijo en mitad de un campo lleno de gente observándonos, una mujer que en el supermercado seguía haciendo la compra mientras Adel se revolcaba por el suelo y le chillaba y la increpaba sin que ella se inmutara ni un pelo, y, seguidamente, lo levantara con cariño, convenciéndolo, sin fuerza, y lo metiera en el coche para después irnos a dar una vuelta, sin que nada la perturbara. Una mujer a la que no importaba ni un ápice el qué dirán, el barro en la ropa ni arrodillarse en el fango que había dejado la lluvia.

Ya sabes que la persona que estuvo antes cuidando de mi hijo por las tardes, esa otra mujer, jamás te llegó a la suela de los zapatos. Jamás llegué a sentir nada por ella. Jamás llegue a sentir nada por nadie, te lo repito.

Y aquí te tengo que pedir perdón por aquel día en el parque, en el que sentados tú y yo, veíamos como Adel perseguía palomas, y, de la nada, te pedí matrimonio. Me miraste con cara rara, vi venir es sospechado NO como respuesta. Yo sabía que tú tenías novio, sabía que estabas feliz. Pero no puedes comparar las atenciones de un europeo que comparte el alquiler contigo, con las atenciones de un hombre que piensa darte todo, su dinero, su amor, su vida. Un hombre con el que, mientras estés, jamás te faltará de nada. Un hombre con un hijo que te necesita. Pero viendo tu cara, confirmé mis sospechas de que no sentías lo mismo por mí, que yo por ti. Lamentablemente, sin saber que hacer, completamente desesperado, eché mano en mi cerebro de mis recuerdos, de mis tradiciones culturales. Había preparado para la ocasión 88000 francos suizos, que saqué de mi bolsillo, te enseñé entre sonrisas nerviosas, los conté delante de ti, sincero. Tú me mirabas, paciente, comprendiendo algo que no querrías haber oído jamás: te estaba comprando por no saber hacer mejor en esta vida.

Siento vergüenza, ahora echo la vista atrás, y soy consciente de que ése fue el comienzo de tu despedida.

Yo nunca jamás debí haber hecho aquello. No me arrepiento de haberme declarado, no me arrepiento de haberte pedido en matrimonio en aquel parque aquella tarde. Pero si me arrepiento de haber tratado de convencerte de una manera mediante la que, a cualquier mujer de mi infancia, hubiera convencido. Pero tú vienes de otro mundo. De otra idea de amor. De otras formas de conquista que yo no manejaba.

Fue ahí que empezaste alejarte, comenzaste a darme excusas para no vernos por la tarde. Alegaste otros deberes. Te ofrecí un aumento sobre la tarifa de cuidado de mi hijo. Tú no la aceptaste, insistías en que te parecía abusivo. Abusivo… que lamentable. Hubiera pagado todos mis ahorros por unos días contigo. Lo poco que me veías, cuando te suplicaba porque necesitaba ayuda con el niño, me mirabas con ojos inquisidores, tratando de no acercarte tanto a mi persona como en otra época te habías acercado.

Tú alegría ya no era la misma que anteriormente había sido, y empezaste a darle vueltas a la idea de volver a tu país. No encontrabas otro trabajo, y este ya no te convencía, porque estaba regentado por un hijo de grandísima puta.

Cuánto me arrepiento Julia, cuántas veces lloré tus ausencias. Cuántas veces Adel saltaba por la ventana de la casa yendo a buscarte. Y ese día que sabía que cogías el autobús, perdí los papeles. Te llame hasta 100 veces, declarando mi amor a un teléfono que, ya sea porque no transmitía mi voz por fallos en la red, ya sea porque me oías perfectamente pero no tenías nada que responderme. Me descargué por dentro. Me deshice en un mar de palabras que te hice llegar a través de aquel maldito aparato. Te perdí para siempre.

Te necesito Julia. Vuelve.

AMINA

Kirguistán. Mi país natal no era una ventaja para ciertas situaciones en la vida futura de una joven.

Mi madre era una mujer intrépida, valiente y feminista. Ella no se conformó con las tradiciones establecidas, no buscó un matrimonio perfecto. Ella se aventuró a lo que estaban más allá de las fronteras. En su juventud conoció a mi padre, apuesto azerbaiyano donde los hubiera. Su aventura de amor fue acallada por el resto de sus vidas. Pero de ese descontrol de amor y cariño incontenible nací yo, hija primogénita, seguida por tres hermanas de otro padre.

Tal y como dicta la tradición, fui criada por mis abuelos. El primogénito de la prole familiar era cuidado por una generación anterior a la que le había dado la vida. Así se mantenían las creencias, se educaba a la antigua, se imbuía el respeto por los mayores… Mi abuelo era militar, mi abuela una mujer acallada y obligada por una familia tradicional a las costumbres rusas.

Durante mi infancia mi abuelo y mi abuela eran para mí mis padres. Mi abuelo, por ser militar, un hombre muy difícil de complacer. Me educaron de la forma más tradicional y estricta que conocían, poniendo como ejemplo adverso a mi madre. Mujer soltera por elección con cuatro hijas de hombres extranjeros que se dieron por desaparecidos al poco de nacer la cuarta de las criaturas: mi hermana menor. Me crié pensando que mi mayor aspiración era encontrar un marido que me sostuviera, y ser una buena ama de casa. Pero siempre tuve una vena artística, una creatividad floreciente, un ímpetu imparable que no me dejaba descansar sosegadamente en el seno familiar conservador.

Con la preadolescencia comenzó la rebeldía, no entendía por qué mis amigas estaban criadas de una manera mucho menos tradicional, mucho más libre, mucho más libertaria. Sin olvidar el ya restringente entorno social en el que todas vivíamos.

Con 18 años empecé a revelarme de la forma más sincera que conocía, con actos. A los 20 conocí a Ivanov, ruso, apuesto, joven rico y poderoso, cualidades (o mejor dicho cantidades) que obtuvo por herencia paterna.

Ivanov me demostraba su amor agasajándome con regalos, como manda la tradición. Me conquistaba con palabras dulces en mis hambrientos oídos, manteniendo la privacidad y la distancia de una manera caballerosa, para demostrarme sus buenas intenciones a largo plazo.

Él venía de una familia que durante generaciones había traficado con esclavos y objetos valiosos en el mercado negro, en la época floreciente de la ruta de la seda. Ivanov era alto, de piel blanca, un tinte castaño claro adornaba su cabello, con un iris verde aceituna que tanto escaseaba por la zona. Sus ojos no eran rasgados como los de los demás, igual que no lo eran los míos gracias a la ascendencia azerbaiyana que adorna mis genes. En su caso la mezcla provenía de tiempos inmemoriales de reinos inabarcables: de los descendientes de los caucásicos originales y los hunos.

Ivanov me prometía la luna cuando hablaba, Ivanov sabía rozarme con sus manos de piel cuidada. Ivanov pretendía quererme de manera noble, sin que yo me diera cuenta que, lo que en realidad quería, era tener una mujer figurante para esconder su más ardiente secreto: a Ivanov le gustaba acostarse con hombres. Aunque a día de hoy puede que todavía sea yo la única que lo sepa.

En sus máximos delirios de grandeza, un día se presentó en mi casa y pidió mi mano a mi abuelo. Mi abuelo, conociendo el historial de su familia, decidió no entregarme a tal personaje. Él siempre

había querido educarme de la manera más correcta, y mantenía
sus esperanzas en casarme con el hijo de algún militar para seguir
manteniendo nuestro estatus y nuestra seguridad. Yo me enfadé,
menté el nombre de Alá en feas frases. ¡Cuánto me enfadé! …

No había manera de hacerme salir de aquella decepción inmensa
que había resultado ser mi familia. Cómo se atrevían a decidir
por mí, en estos tiempos, en estos lares, en esta vida.

Contrariamente a mis previsiones, Ivanov se lo tomó con paciencia.
Semanas más tardes volvió a repetir la pedida de mano, esta vez
con un anillo más voluminoso que la uña del dedo gordo del pie.
Ivanov tenía dinero de sobra para mantenerme no solo a mí, sino
a tres generaciones por detrás de la mía. Pero esto no era lo que
más me gustaba de él, lo que más me interesaba era su delicadeza,
su figura, su saber estar, su, pretencioso saberme tratar.

Fue después de varios intentos fallidos, coincidiendo con el comienzo de las pesquisas legales contra su familia, Ivanov decidió desis-
tir. Yo, joven e insumisa ante este destino, procedí a jurarle amor
eterno y confesarle que estaba dispuesta a huir con él.

Las siguientes semanas fueron momentos de aterradora incertidumbre. Yo no paraba de preguntarme qué sería de nosotros: tórtolos
enamorados en tiempos revueltos luchando contra las injusticias
familiares acontecidas.

Mi enamorado y yo nos veíamos muy poco durante aquellos fatídi-
cos días. Se encontraba frecuentemente cuadrando contabilidades, aturdido por múltiples presuntas ilegalidades, tratando de
salvar a los suyos de un yugo fiscal inminente. Yo, por mi parte,
pasaba el tiempo pretendiendo que nuestra relación había terminado, para no levantar sospechas frente a una sociedad chismosa
y sentenciadora en cuanto a la desgracia ajena se refiere.

Así pasaron los días, entre encuentros furtivos deslizándonos entre
las sombras y promesas de felicidad con sabor a infortunio.

Un día Ivanov me llamó extremadamente inquieto, con el aliento
entrecortado, las riquezas familiares estaban en la cuerda floja.
Y con ello parte de mis promesas de bienestar interminable. Ha-

bían decidido apresuradamente arramblar con todo y mudarse. Mi existencia a su opulento lado estaba asegurada, pero lamentablemente él tenía que huir aparte para asegurar la supervivencia de mi estatus social, para no manchar mi imagen, para esconder que una respetada huía con un posible escapista de la justicia, futuro posible presidiario.

Yo, obviamente, no estaba de acuerdo con el emprendimiento de nuestro viaje y el inicio de nuestro cercano futuro por separado, pero no pude sino enternecerme ante tal empatía hacia mi persona, ante tal muestra de caballerosidad, ante tamaña responsabilidad. Estaba orgullosa de él, de nosotros, de mí por escoger un hombre tan correcto para ver pasar el mundo a su lado.

Nuestro plan quedaba ligeramente aplazado en el tiempo, pero no tenía por qué preocuparme. El príncipe de mis sueños ya había planeado todo minuciosamente: Yo iría primero, escoltada por uno de sus guardaespaldas, el mejor, e iría con varias semanas de antelación a Europa. Me había alquilado un apartamento pequeño, modesto, pero bien equipado. Dimitri, el guardaespaldas, no me dejaría ni a sol ni a sombra. Antes perdería la vida a que me picara un mosquito despiadado. Tenía órdenes de estar 24 horas al día a mi lado, de no pegar ojo mientras yo dormía, de tomarse tiempo para comer exclusivamente en mis momentos de intimidad en el baño.

Dos billetes en primera clase en la aerolínea más cara de Rusia habían sido comprados para nosotros. Cinco maletas para dos personas eran las que tocaba facturar en ese avión. Cuatro de ellas, obviamente, mías. Llenas de cosas que él me había comprado, de ropas de marca, de camisetas con diamantes incrustados, de abrigos de pieles, de bolsos de Hermes de más de 135.000 €, de zapatos de Loewe para todas las ocasiones, de cinturones hechos de piel de serpiente…

La única condición para que nuestra treta de fuga marchara tal y como estaba programada, era no decirle nada a nadie, no despedirse ni de la familia, mantener el secreto entre nosotros dos y

Dimitri. Ni un solo alma aparte de nosotros tres podía saber ni el más nimio detalle, ya que él partiría de su casa con un ligero lapso de tiempo con respecto a mi escabullida, se ausentaría de su nicho familiar en el momento oportuno, retirándonos los dos con 2.500.000 € en dólares americanos en los bolsillos y un arsenal de productos conseguidos en el mercado negro que podríamos vender por un valor superior a 10.000.000 €.

Yo simplemente, tenía que esperar a que llegara ese momento, tenía que camuflarme en Europa, pasar inadvertida, llevar un perfil bajo o medio sin que nadie sospechara de dónde había venido, a quién estaba esperando, a dónde me dirigía. Es más, ni siquiera yo misma podía saberlo con exactitud.

Llegó el día convenido. Desaparecí de mi casa durante la madrugada, con lo puesto y un neceser de viaje. No había limusina esperando debajo de mi casa, no había asistentes que acataran mis órdenes en silencio.

En mi presente, con una vida muy diferente a mis espaldas, cuando echo la vista atrás, todavía me sorprende lo fácil que fue despedirme de lo que, durante años, había sido mi hogar. Lo increíblemente fácil que me fue despegarme de esas dos personas que me habían criado incondicionalmente. Lo increíblemente sencillo que me fue obviar la existencia de mi madre, nunca jamás despedirme de ella, y no quedar ni un ínfimo agradecimiento en mi persona hacia alguien que me había dado la vida. Pero me justifico a mí misma escudándome en las circunstancias.

No eran tiempos para sentimentalismos, eso era totalmente cierto.

En esos momentos, para mí, solo existía Ivanov, solo existía Dimitri como puente que me llevaría hasta mi amado. Solo existía una promesa de futuro de lujos y quehaceres, un porvenir privado, un mañana nuestro, en otras tierras, en otras legalidades, en otras costumbres, con otras garantías.

Llegamos al aeropuerto de Almaty a las 4:16 horas de la mañana. Tomamos un avión en asiento de primera clase, sin colas, sin esperas, con dos mayordomos ocupándose tanto de Dimitri como de mí. Durante todo el viaje ni mi escolta ni yo dijimos una sola palabra, fueron seis silenciosas horas de vuelo. Este gorila que me servía de acompañante era un hombre alto, corpulento, con la mandíbula pronunciada y cuadrada que daba un aspecto severo y serio a su cara. Sus ojos eran huidizos pero penetrantes, casi acusadores. A mí personalmente, jamás me miraba directamente más de un segundo escaso, así lo habría instruido mi amor. Además, siempre estaba atento a los alrededores, en guardia, en un urgente e interminable estado de alarma. Vestía de manera que denotaba cierta elegancia, pero encubierta de informalidad, fundiéndose con el entorno. Lo que no podía ocultar, como ya he precisado antes, era lo singular de su físico. Era un hombre muy grande, llamaba la atención solamente por existir.

Cuando aterrizamos ya no había nadie esperándonos. Dimitri siempre tiene recursos para todo, eso lo aprendí con el tiempo. En ese momento yo no lo sabía, pero el lapso que pasaría con mi protector se dilataría durante más de año y medio.

Un taxi normal, aunque suficientemente amplio para albergar todo el equipaje, nos llevó a lo que parecía una residencia de estudiantes en pleno centro de esta capital europea. Cuando bajamos del taxi Dimitri encargó descargar todas las maletas, subirlas a nuestro piso, sacó una extraña llave de su bolsillo, y abrió la puerta de lo que sería mi hogar durante los próximos más de 500 días. Inmediatamente fue a buscar comida mientras yo me iba sentando, mirando a mis derredores, haciendo a la idea de que este espacio sería el sitio donde cada noche tendría que resguardarme y dormir. Y conste que no digo ni habitar ni vivir en él. Para mí, en aquel entonces, era simple y llanamente una guarida donde esperar a mi amante.

Dimitri subió con algo para llevarse a la boca. Estaba perfectamente enterado de mi veganismo, de mis dietas, de mis gustos alimentarios, de todo lo que concernía mi persona en los distintos ámbitos en los que la convivencia podría hacer mella por la mera falta de información. Mi amorcito había pensado hasta el más mínimo detalle cuando de hacerme sentir cómoda se refería…

Inmediatamente, después de comer, yo quise contactar con Ivanov. Dimitri negó con un rotundo NO escaso en explicaciones y tajante. No teníamos teléfonos móviles, no teníamos forma de comunicación, era imperante que esperáramos las comunicaciones de Ivanov sin que nosotros tratásemos de establecer contacto.

Yo desconocía estas condiciones, y reconozco que machacaron mis esperanzas, que destruyeron mi alma, que despertaron una ansiedad de todo lo que no me había planteado hasta ese momento sobre esta nueva vida que me acontecía. De repente me sentí ligeramente abandonada de una forma silenciosa, oscura. Durante meses ese sentimiento de abandono ahondaría en mí hasta llevarme a distintas y múltiples formas de desesperación, de ansiedad, de estrés incontenible…

Al tercer día de estar en aquel frio espacio hubo una llamada escueta y de bajo volumen en la madera de la puerta. Miré el reloj, las tres de la mañana. Oí como Dimitri se levantaba del sofá donde se pasaba las noches semi dormitando. En cuestión de segundos estaba pegado al marco de la puerta con la pistola en posición de espera. Siguieron otros varios toques en la puerta con un repiqueteo arrítmico que parecía una imitación de melodía. Algún código consensuado, imaginé. Dimitri me empujó de vuelta a mi habitación entre murmullos acallados sobre la seguridad en mi persona. Cuando todo ruido pareció desaparecer y de nuevo solamente era perceptible el ligero murmullo de los escasos coches que circulaban a esas horas, volví a abrir la puerta corrediza de mi habitación y lo vi, inmóvil, con un teléfono móvil en las manos, con lo que sería un comienzo del gesto de una sonrisa en la cara. Me miró de soslayo, como siempre, y me mostró lo que sería un teléfono satélite para emergencias. Un aparato pirateado que había sido hackeado para hacer de sus comunicaciones un suplicio intrazable.

Mi corazón dio un vuelco: mi futuro marido estaba disponible de nuevo.

Las primeras decepciones transcurrieron con comunicaciones rápidas, desaventuradas, y bisemanales. A partir de los 2 meses y medio de estar esperando, esperando, desesperando… las comunicaciones con Ivanov comenzaron a ser menos frecuentes. Pasaron durante 3 meses más a ser mensuales. Para empeorar las cosas, nada ayudaba el hecho de que él me escondiera cosas, dejara mis preguntas sin respuesta, alegando posibles filtrados en la trazabilidad y enarbolando mi protección como excusa para mi infligida ignorancia. En cada comunicación nos echábamos en cara cosas que nunca antes habíamos discutido. Obviamente mi mayor reclamo era su abandono. Desde que había llegado a esta capital, en ningún momento había dado muestras de estar encaminado hacia éste mi destino.

Cada semana, eso sí, puntualmente, durante 8 meses, me mandaba un presente. Estos presentes no se trataban de cosas vulgares ni mediocres. El primero fue un anillo de matrimonio con dos rubís encastrados, oro blanco 585 con diamantes incrustados sumando un total de 8.84 gramos y 4.5 quilates de joya ovalada, con una cifra de compra de 20.482 dólares estadounidenses. El segundo regalo recuerdo fue un abrigo de tigre blanco de bengala puro, una piel prohibida, un animal que en su día estuvo en peligro de extinción, un tesoro imposible de conseguir, un ser que existe solamente en cautiverio… O eso cree la población general. Fuera del alcance de mano de cualquier vulgar sin buen gusto, los regalos así se sucedían asiduamente, tratando de sellar un amor que, para ese entonces, ya no existía. Tratando de convencerme durante todos esos meses de que no me olvidaba, de que para él yo era una prioridad.

He de reconocer que al principio así lo creí, y punto, pero con el paso del tiempo fui consciente de que olvidarme, no me olvidaba, pero yo era simplemente una tarea más en su agenda semanal, el envío del presente, mandar un mensaje, una llamada mensual…

Seguramente se había puesto varios recordatorios en su calendario virtual. Casi con total certeza era alguna secretaria de su padre, conocedora de los artículos de lujo más caros vendidos en el mercado negro a través de la Deep Web, la que se había encargado de la compra de estos regalos tan fríos y faltos de sentimientos, a la par que excesivamente caros.

Un año y 7 meses. Un año y 7 meses de cuestionarme casi cada día qué estaba sucediendo con mi vida. Un año y 7 meses para deshacerme de un corazón roto a jirones, de un desamor injustificado, de una hembra ardiente y sedienta de venganza que había habitado en mi interior en los momentos más desesperanzadores.

Un año y 7 meses de Dimitri vigilando en la puerta de mi casa día y noche. Un año y 7 meses de paseos escoltados por una ciudad desconocida. Un año y 7 meses de negarme a mí misma a estudiar la lengua que allí se hablaba, a investigar la cultura de la gente en la que estaba inmersa, de conocer el pasado y el presente de las gentes con las que compartía esta urbe. Un año y 7 meses con las esperanzas puestas en otro sitio. Siempre en otro sitio. En espera. Semi ausente.

Con la consiguiente semi inexistencia que provoca el evitar hacer vida allí dónde tu cuerpo reside.

Engordando mi dependencia física y psicológica, Dimitri lo hacía todo por mí. Me compraba la comida, se encargaba de adquirir los artículos de aseo, incluidas los productos necesarios mensualmente para las mujeres Compraba hasta mi ropa interior. Todo y siempre con el dinero de Ivanov. Con la paga semanal generosamente cuantificada que nos pasaba de una cuenta bancaria en un paraíso fiscal en las Bahamas.

Yo lloraba. Casi cada mañana lloraba. Mi piel no se hacía más joven a pesar de las carísimas cremas con que la embadurnaba. Mi alma se estancaba en un punto de inflexión vital que no terminaba de desaparecer nunca. Cada vez tenía más claro que Ivanov jamás se haría cargo de mí, de nosotros, ni de Dimitri ni de mí persona.

Y de repente, sin previo aviso, cuando deambulaba en el limbo de esta transición interminable y sin esperar absolutamente ningún cambio de la vida, Dimitri entró en mi cuarto a horas intempestivas, las 23 si no me falla la memoria. Yo con mi camisón de Dior dónde embutía mi delicado cuerpo cada noche, él, por primera vez, me sostuvo la mirada en los ojos, frente a frente, intensamente, y me dijo:

Amina, he recibido órdenes de matarte. Necesito que te vayas. No soy capaz de ejecutar mi cometido, a pesar de que no hacerlo terminará con mi reputación profesional y, posiblemente en algún momento, con mi vida. Tendré que desertar, buscarme una identidad falsa, y desaparecer de estas esferas en que me manejo. Pero no te puedo matar. Por favor, necesito que desaparezcas, de la misma manera que yo me juego la vida al desobedecer estas órdenes, tu vida está en riesgo continuo a partir de ahora.

En 3 horas dejaré mi puesto en la puerta, volveré en otras 4 horas. Ese es el tiempo que tienes para hacer acopio de todo lo que puedas cargar, y esfumarte. Después de ese tiempo volveré y reportaré tu ausencia a quien corresponde. A partir de ese momento, desapareceré. Si te cruzas alguna vez en mi camino no me quedará más remedio que matarte para enmendar mi falta. Ha sido un placer estar contigo. No puedo sino perdonarte la vida. Gracias por existir.

Y ahí había llegado el fatídico momento. El momento en el que me quedé realmente huérfana, abandonada, sin nadie para protegerme, sin razón para seguir no ya solo en ese lugar, sino con mi propia vida.

Dimitri había sido para mí no solo un guardaespaldas, sino mi padre, mi hermano, mi confidente, mi amigo. Dimitri nunca había respondido a nada de lo que yo decía con más de 3 palabras. Jamás mantuvo una conversación conmigo. Sin embargo, escuchar, lo que se dice escuchar, nunca dejo de escuchar a está loca empedernida. Había estado conmigo hasta el final, con una presencia medio ausente que brindaba un apoyo extraño, incondicional. Y no solo su fidelidad había sido larga y fuerte, sino que, además, había sido infinita: me estaba perdonando la vida.

He de reconocer que me dolió mucho más la desaparición de Dimitri de mi vida que la situación en la que Ivanov me había dejado desde el mismo momento en el que abandoné mi país. Sin poder ni querer remediarlo, lo miré con los ojos inundados de lágrimas.

Ahora sí sería imposible subsanar mi soledad, ahora iba a tener que coger mis maletas y retirarme. Ahora sí que la vida tal y como la había conocido hasta el momento había renunciado de mí.

Ni siquiera podía pensar. Empecé a echar mis enseres más caros y preciados en las 5 maletas que nos habíamos traído Dimitri y yo de nuestro lugar de origen. Sé que dejaba a Dimitri sin maleta, pero creo que era lo que menos le importaba en ese momento.

Sinceramente, me dolió mucho no poder despedirme de él con tiempo, no poder abrazarlo, no haber tenido la oportunidad de darle las gracias. Aunque conociéndolo, las gracias que me dio el a mí, ya fueron una gran muestra de cariño y respeto. Y mis gracias habrían sonado a un insulto a su profesionalidad, y sólo le habrían recordado el inminente fallo de lealtad en que iba a incurrir, y por el que, en un futuro cercano, estaba seguro perdería la vida. Estaba sacrificándose por mí. Estaba dando su vida a cambio de que yo tuviera una posibilidad con la mía.

Me movía frenéticamente por la habitación, habría armarios, cajones, cajitas y joyeros. Desvalijé todo lo que estaba a mi alcance. Seleccioné lo más caro, posiblemente lo menos útil, ni siquiera pensé en llevarme una muda de ropa. Los pendientes de esmeraldas, la preciosa pulsera de oro macizo, el reloj con valor de más de 20.000 € que me mandó el día de mi cumpleaños con la esfera de zafiros, el consolador de amatistas que me mandó el día de los enamorados… Las maletas estaban que reventaban, no había manera de meter ni un ápice más. Me asomé por la ventana y un taxi estaba esperándome en la puerta. Estimado Dimitri, no voy a saber vivir sin ti. Hasta el último taxi estaba aguardando por mí, pagado. Hasta el último momento has estado a mi lado.

Le pedí a gritos al taxista desde la ventana que subiera a ayudarme con las maletas. Bajamos en dos veces todo el equipaje, lo metimos en el coche en los asientos del copiloto y en el maletero. Viajaba comprimida entre todos los bultos, física y psicológicamente. El taxista me preguntó hacia dónde nos dirigimos, y solo se me ocurrió pensar un sitio: la residencia de estudiantes más mediocre que usted conozca. Gracias.

Una vez el taxista terminó la carrera, me ayudó a bajar las maletas, y entré en la recepción. Fue terrible verme en una situación tan antónima a todo lo que me había rodeado en los últimos tiempos. Yo, que había estado viviendo en el lujo más extremo, con todo lo que pedía pagado casi con antelación, con los objetos más caros que se pueden encontrar, siempre seguida por un profesional que ciertamente no te hacía sentirte acompañada, sin embargo, sí que te sacaba de la soledad.

Allí estaba, tristísimo todo.

Había conseguido una habitación. Una habitación que medía 4 m x 2 m, con un baño compartido, con una cama realmente estrecha, con un pequeño lavabo de un palmo por dos palmos que goteaba sin parar, con ratones que por las noches se escuchaban roer por los alrededores, con una cocina compartida con aproximadamente 40 personas más. Una maravilla…

Lloré desconsolada durante horas, perdiendo la noción del espacio y del tiempo. Sentada encima de las maletas por no quedar espacio físico donde moverse.

Yo, la de antes, que lo había dejado todo por él, que había abandonado mi país, mi familia, mis amigos, sin mirar atrás siquiera, sin pensarlo, sin analizarlo, sin pena ni gloria…

Y la yo de ahora, desfigurada por horas de llanto e insomnio, sin haber comido nada en no se cuánto tiempo, sin saber siquiera dónde estaba la oficina de cambio más cercana para canjear los varios miles de dólares que Dimitri había dejado sobre la mesilla al lado de la puerta, con el fin de que no me fuera con las manos vacías. Seguramente fue él el que se fue sin nada, dejándome todo lo que le quedaba encima para que yo no pasara necesidades desde el minuto uno de nuestra dolorosa separación.

Y así se sucedieron las primeras semanas, o meses, ya no estoy segura. Gastándome el dinero que había tenido a bien dejarme mi camarada, después tirando de tarjetas. Era muy difícil aceptar la situación. Era muy difícil ver que no solo mi vida había cambiado tanto que era absolutamente irreconocible, sino que encima de todo, tenía que determinar que iba a hacer después. Necesitaba ganarme un pan. No podía volver a mi país, era la desertora, la traidora, la prófuga…

No podía volver… Hubiera sido la vergüenza de mi familia y su imagen social caería en desdicha.

Durante meses estuve vendiendo los objetos de lujo que me había mandado Dimitri en el transcurso de mi primera época en estas tierras. La verdad es que me rindió mucho.

Pronto me habitúe a mirar lo que gastaba, a comer barato, a buscar las ofertas, a vivir con lo justo. Una tarda en acostumbrarse a pasar a un modo de vida mucho más austero, mas lo consigue cuando no hay opciones mejores. Sin embargo, no era suficiente para seguir sobreviviendo quien sabe cuánto tiempo que tendría que subsistir en esta incomodidad financiera.

Aparte estaba en una situación alegal en esta ciudad, simplemente no existía. Necesitaba buscarme la manera de seguir quedándome aquí e ir acumulando antigüedad de estancia, para, en un futuro, si todo iba bien, pedir la nacionalidad.

Hablé con mi hermana que vivía en Marsella, ella estaba casada con un francés, tenía dos hijos. Me imploró que me fuera a vivir con ellos, que me dejara de patrañas y que me cobijara bajo su protección. Ella no estaba económicamente muy holgada, pero seguramente hubiera vivido bajo su techo con una mucho mayor calidad de vida y expectativas de mejora de lo que estaba en la actualidad. Pero yo no quería meterme en su familia, no imaginaba vivir con un cuñado permanentemente, renunciar a mi libre albedrío para hacer y deshacer con mis horarios. No estaba preparada para vivir con dos niños, no quería mirarla a la cara cada mañana, y ver mi fracaso reflejado en sus ojos. No lo podría soportar.

Vendiendo un reloj de Montblanc de 18.000 €, me pude pagar el primer curso entero en una universidad internacional de marketing y periodismo digital. Eso me daría derecho a una visa de estudiante, con la que, además, podía buscar trabajo hasta un máximo de 20 horas a la semana. Sinceramente, no era mi intención ponerme a trabajar, sin embargo, que la posibilidad estuviera abierta y pudiera optar a ella, ya era una diferencia en mi ánimo y esperanza.

Con este tipo de visado estuve los 4 años que duraba la carrera. Unas prácticas de un año más iban incluidas en el programa. Así lo hice, a la vez que fui vendiendo los objetos de lujo que me quedaban. Para ser sincera, el último año de teoría, ya se me había acabado todo lo que podía vender. La austeridad no era suficiente para seguir adelante. Decidí que mientras hacía las prácticas remuneradas, aprovecharía las 20 horas de trabajo a las que me daba derecho la visa, y comencé a buscar.

Pero había cometido una negligencia durante todos estos años, no había conseguido aprender el idioma local. Mi inglés, por el contrario, era bastante bueno, dado que mis estudios eran en inglés, mi nivel de idioma local era el suficiente para sobrevivir por la calle, para entender las cosas básicas de la supervivencia sin pedirle peras al olmo. En su defecto, no suficiente para estar a la altura de la lengua que me pedían para un trabajo a media jornada.

Pasaban los días y mi desesperación iba en aumento. Los ayunos a los que me veía obligada estaban mermando mi energía, mi ánimo y, con toda seguridad, los niveles de vitaminas y minerales que necesitaba mi cuerpo para seguir adelante. Un buen día, buscando en el periódico, encontré un anuncio un tanto singular. Eran días ya los que llevaba escrudiñando todas las revistas, semanarios, anuncios de todo tipo que me encontraba pegados en las farolas, en la puerta de los supermercados, en las empresas de trabajo temporal… Eran semanas de exasperación. Fueron semanas de hambre.

Fue entonces cuando encontré ese anuncio al cual, aunque sonara peculiar, no me podía permitir no aplicar. Llamé al número de teléfono que aparecía en la última línea, me contestó un hombre, en inglés, con un acento un tanto singular. Me pidió experiencia, me pidió que respondiera a ciertas preguntas que seguían siendo realmente peculiares. Me preguntó por mí paciencia, por mí capacidad de entendimiento, por mí empatía.

Me preguntó si alguna vez había cuidado de animales. Creo que ahí fue donde gané más puntos dado que, desde pequeña, con mi abuelo siendo militar, habíamos tenido perros guardianes protegiendo la casa y las tierras circundantes. Era parte del protocolo de la armada. Esos cinco perros que se criaron conmigo, o yo con ellos, habían sido mis mejores amigos durante mucho tiempo, al estarme prohibido socializar con otros niños que no fueran también hijos de militares, por la seguridad familiar. Siempre la seguridad familiar antepuesta a cualquier otro tipo de intereses o necesidades. Esos cinco perros, estaban entrenados para matar, protegerían a sus dueños por encima de su vida. Con esos cinco perros, aprendí lo que es ser un mamífero en su estado más puro. Las reacciones, los anhelos, los sueños, todo lo que el ser humano posee por su condición de humano, viene después, y siempre después, de lo que posee por su condición como mamífero: amor, cuidados, rabia, territorialidad, protección, agresividad…

El hombre, curiosamente, quedó inmediatamente interesado después de haberle descrito mi relación con aquellos perros, mi pertenencia a su camada. Me citó para una entrevista, a la que fui bastante nerviosa, todavía desconociendo la naturaleza del trabajo al que estaba tratando de optar. Cuando acudió a la cita lo vi con un niño, un niño de mirada perdida, un niño moreno, bajo, de complexión fuerte. Eran de algún país árabe, pero con muy buena educación y una singular manera de ver la vida: de una guisa puntillosamente internacional.

El niño, observé, tenía algo en la cabeza, no sabría describir exactamente que, me miraba con la mirada perdida, los ojos puestos más allá de la imagen que se hacían de mí en su retina.

Kader, que así se llamaba el padre, me presentó a su hijo, Adel, me explicó la situación. Bien sabe Dios que no era lo que yo esperaba, bien claro que no era a lo que yo me quería dedicar en estos momentos. En cambio, era la primera vez que me habían respondido con una entrevista cómo opción a mi candidatura, en vez de descartar directamente mi aplicación a cualquier actividad remunerada en este lluvioso país europeo. No me podía permitir rechazar fuera cual fuera la oferta que a aquel hombre le cruzara el pensamiento.

Mantuvimos conversaciones que iban más allá de mis funciones como cuidadora de un niño autista: me preguntó por mi familia, a lo cual respondí huidizamente. Le pregunté por la suya, a lo cual trato de contestar evasivamente. Eso introdujo un grado de complejidad y complicidad en nuestra conversación. Creo que tuvimos una conexión personal más allá de lo que normalmente se acepta socialmente hablando. Kader quedó enseguida encantado con lo que vió. Me vendí bien. Era la primera vez que Adel iba a tener a una cuidadora, aunque sé que después de mi vino otra: Julia, a la que conocí en la escuela a la que Adel acudiría posteriormente.

Fueron tiempos de cambios. Sentía que todos los hilos empezaban a encajar, que mi vida empezaba a tener una rutina y algo parecido a un sentido.

De esa época también data Pietro. Realmente no tengo muchas ganas de hablar de él. Pietro fue una herramienta que utilicé a diario para seguir comiendo caliente. Pietro fue un chico al que conocí, de la antigua Yugoslavia que ya no existía, realmente perdido, realmente encontrado.

Había huido de su país ante la separación inminente que terminaría por repartirse el territorio y hacer desaparecer su patria del mapa. Eso le había impedido volver, dado que poseía un pasaporte de un país que ya no existía. Flotaba en el limbo. Vivía en el limbo. Comía del limbo. Se alimentaba con las cuantiosas cifras que obtenía con el tráfico en el mercado negro de objetos de lujo. Algo que yo ya conocía demasiado bien, algo que había querido dejar atrás, algo que no pude rehuir porque sabía que daba bien de comer. Y no sólo era una manera bastante rentable para nutrirse… Daba poder adquisitivo para mucho más… Mis esperanzas de una vida más opulenta comenzaron a hincharse de nuevo…

En cuanto al trabajo se refiere, ocuparse de Adel no era tarea fácil. Aunque ocuparse de Kader ocupándose de Adel era incluso peor. Kader estaba desesperado. Desde mi punto de vista era un científico loco, un hombre culturalmente insumiso, un escapista de su tierra para evitar sus férreas tradiciones, un huido, un emigrante, un eternamente ausente, un evaporado, un liberado, un Yo. Era una rebelión contra unas fuerzas, contra las que, quizás, estaba condenado a perder.

Cada día volvía a la residencia de estudiantes donde todavía habitaba, con ganas de llorar, cada día miraba a Pietro a la cara y le decía que todo había salido estupendo. Que seguiríamos estando como estábamos. Cada día ahorraba aquel dinero que me daban una vez a la semana en un sitio escondido, para que Pietro no lo encontrará, para que Pietro no lo gastara, para que Pietro se arrancara a verme el desánimo marcado en la cara, mientras me hacía la víctima, y decidiera acogerme bajo su ala, rescatarme de aquel infierno, y mantenerme de la manera que justamente merecía.

Pero cada día los sentimientos de nostalgia e impaciencia me llenaban la cabeza y el corazón. Estaba atrapada entre mi pasado, mi presente y un inexistente futuro. Estaba simplemente cruzando los dedos viendo el tiempo pasar, aplicando año tras año a unas visas y a una ciudadanía que no me correspondían. Estaba viviendo una vida falsa asentada sobre humo translúcido adornada con los colores y brillantina que mis falsas ilusiones le añadían. Estaba viviendo una vida que no era la mía. Sin amigos, sin novio al que amar realmente ni con el que tener una perspectiva de formar una familia, sin trabajo, con una visa dada por unos dineros que no me pertenecían, sin poder volver arrastrando los pies y con una vergüenza perenne, sin poder huir a esconderme a ningún sitio más lejano, sin poder quedarme...

Ahí, en esas entre medias, conocí a Julia: un alma libre trabajando en un colegio con un montón de niños autistas aún más fastidiados que Adel. Ella tenía una paciencia infinita, Julia tenía una sabiduría muy espiritual, un saber estar que no había visto antes. Julia era una persona culta, una joya aún por pulir, una maravilla apartada por la naturaleza, escondida incluso para ella misma. No era consciente de su valía. Un tesoro viviendo todas las aventuras que el mundo tuviera por bien ponerle delante.

Y así comenzó nuestra amistad, un buen día en que yo sustituí a Kader a la hora de recoger a Adel de la escuela, ella mirándome sorprendida porque no me había visto nunca antes, porque no le podía entregar el niño a cualquiera que cruzara las puertas de aquella curiosa institución en la que trabajaba 9 horas al día. Ella preocupándose por llamar a su padre, a Kader, para que le diera confirmación personal de que podía entregarle el niño a una desconocida.

Ella me miró largo y tendido, con esa forma de mirar que tiene, con esa manera de no apartar la vista, con esa manera de escudriñar a los demás sin juzgar, con esa manera de leerte el alma sin tratar de descubrirla. Yo me puse nerviosa, pero mi experiencia de vida me dijo que ella valía la pena. Respondí a sus preguntas, me comentó que, si algún día quería, podríamos vernos una vez que ella saliera del trabajo, una vez que yo terminara el mío.

Enseguida comenzamos a quedar, no le hizo falta mucho tiempo antes de darse cuenta de que yo no me podía permitir estar en terrazas en bares o en cualquier otro sitio que implicara dinero.

Discretamente comenzó a invitarme a su casa, a cenar, a comer, a lo que se le ocurriera. Yo, con algo de vergüenza al principio, pero habituándome enseguida después, aceptaba sus ofertas, gustosa. Tenía el don de hacerte sentir cómoda, aunque llevaras el apuro tatuado en la cara. Me preguntaba que comía, investigaba que me gustaba beber, lo compraba todo natural, con proteínas con minerales, me alimentaba bien a pesar de que a ella escasamente le llegaba el dinero para pagarse su propia comida. Me trató como a una hermana, por primera vez en los 6 o 7 años que llevaba en este país, alguien me trató como una hermana. Compartió todo lo que tenía conmigo, sin importar que lo que tenía ya era insuficiente para una sola persona. Jamás me preguntó por mis penurias, por mi pasado. Esperó pacientemente a que yo le contara todo lo que quisiera contarle. Y sí, se lo conté, vaya si se lo conté.

Le conté mis problemas al abandonar mi país, las razones para hacerlo, mi infancia, mis anhelos, mis sueños, mis esperanzas, las costumbres de mi cultura: las operaciones de reconstrucción de himen a las que se abandonan las futuras esposas para pretender llegar vírgenes al matrimonio, la crianza de los hijos, el encarcelamiento de mi tía por retocar las contabilidades de su empresa, mis anteriores posesiones de productos prohibidos, mis nimias preocupaciones por el aspecto de mi piel ante la falta de nutrientes...

Qué bien me hizo su presencia durante los largos meses que duró nuestra amistad, nuestras citas, nuestras risas, nuestro compartir...

Y qué mal el día que, después de un tiempo de vivir con escasos recursos y sin ayuda de la pareja que tenía en aquel momento, decidió coger sus maletas y montarse en un autobús para viajar durante 27 horas seguidas y volver a su país. Ahí me quedé huérfana por segunda vez: huérfana de hermana, huérfana de razones para seguir aquí, huérfana de ganas, huérfana de familia, huérfana de todos los sentimientos profundos que su presencia me hizo descubrir. Ahí, sin ella, me volvieron a inundar los pensamientos de que no podía seguir dónde estaba, que ninguna nacionalidad me compraría el cariño que había probado estando con ella, que tenía que buscarme la vida de otra manera. Que debía volver a ningún sitio, pero caminar, seguir caminando. Aquí ya no me podía quedar, sin ella no pertenecía a este lugar, sin ella se desbocaban mis emociones destructivas.

Ahora, con el tiempo que ha pasado desde que me acaecieron aquellas aventuras, o desventuras, pienso que quizás todos mis días allí estaban simplemente destinados a conocerla. Justifico mis largos años de estancia en aquellas tierras con la idea de que el destino no quería que me fuera sin que nos encontráramos antes.

La vida tiene curiosas maneras de colocarte en los sitios estratégicos cuando más lo necesitas.

Gracias Julia. Hasta nunca. Hasta siempre.

PIETROV

Lo único que no quería, era estar en la cárcel. Había oído historias terribles sobre eso. Estaba dispuesto a matar si hacía falta. Le arrancaría los cojones a cualquiera que se interpusiera en mi camino. Pero a la cárcel no. A que me violaran no pensaba meterse de cabeza. Ni una mierda. Nadie me iba a poner la mano encima.

Ya había visto muchas cosas. Una de las que más daño me hizo fue el modo en el que no se pudo despedir de mi madre. Maldita guerra de los cojones.

Me habían llamado al frente, una gélida mañana de 15 bajo cero. Se me heló la sangre en las venas en el mismo momento en que vi acercarse a dos soldados rasos por el vetusto camino que conducía a casa de mis padres, donde vivía desde que nací. Donde mi madre me dio a luz. El único lugar que jamás sentí como un hogar.

Salí de mi casa sin petate, sin un cambio de ropa. Me sacaron a culatazos a la calle después de haberme visto esconderme debajo de mi cama. Mi madre lloraba sin parar. Salían de su boca alaridos de desesperación, de dolor, de desesperanza. Gritos que solo una madre a la que le arrancan a sus retoños de entre las manos puede dar.

A mí y a mi hermano se nos llevaron. Sin preguntar. Sin decir ni una sola palabra. En un camión hacinados con otras 50 personas, todos hombres, todos casi niños, como nosotros. Después de día y medio de viaje, durmiendo de pie en ese camión traqueteante, sin comer, sin beber, haciéndose sus necesidades encima los que no se podían aguantar, llegaron a un paraje, cubierto de nieve hasta las pestañas.

Nada más bajar me dispuse a mear en la nieve. Me bajé los pantalones corriendo, ya no aguantaba más. El líquido salía realmente amarillo y caliente, derritiendo la nieve a su paso, tal y como cuando todavía era niño. Me puse a dibujar con ese caliente líquido, en la nieve derretida: un pene bien grande.

De nuevo a culatazos nos dirigieron hacia unas tiendas blancas montadas temporalmente en medio de la nada. Al bajar del camión no me había percatado de ellas, dado que se confundían con el blanco que lo circundaba todo. Allí nos obligaron a desnudarnos, a ponernos ropa limpia, aunque con manchas de sangre ajena que habían sobrevivido al último lavado. Si es que alguna vez hubo habido tal lavado… Nos forzaron a asearnos ligeramente, y a comer un trozo de pan duro y té caliente.

Nos dieron a cada uno un trapo sucio, y nos ordenaron dormir. Dormir a plena luz del día, tiritando de frío, convulsionando de miedo. No sé si era el cansancio, o el aviso del instinto de que algo peor aún estaba por llegar, pero me desvanecí, prácticamente desmayado, durmiendo a pierna suelta un cansancio que nunca antes había sentido.

Al día siguiente nos despertaron cuando todavía estaba por amanecer, cuando todavía la falta de claridad nos hacía tener que adivinar la posición de los cuerpos en la tienda, para tratar de no pisarnos los unos a los otros. A patadas en la espalda nos levantaron a todos, nos pusieron un casco, y después de andar alrededor de unos 3 o 4 km en la nieve, llegamos a una explanada inmensa.

Estaba regada con cuerpos desmembrados a diestro y siniestro. El espectáculo era atroz. Muchos de mis compañeros empezaron a vomitar: algunos bilis, otros el pan de ayer. A mí me subieron las arcadas estómago arriba, pero era incapaz de sacar nada por la boca. Olía a carne podrida. Una nube de moscas sobrevolaba la sangre seca esparcida por todos lados, las vísceras hinchadas supuraban restos fuera de los cuerpos, los pedazos de hueso astillado con algo de carne y pelo, todavía pegados, se podían ver desde metros de distancia.

Decenas de compañeros comenzaron a quejarse, a llorar, a estremecerse espasmódicamente. A mí sinceramente me dieron ganas de cagar. De cagarme a la pata abajo, no solo físicamente, también de miedo.

Nuestro trabajo era simple, debíamos andar por el campo. Debíamos hacer explotar las minas. Éramos prescindibles, éramos carroña abriendo paso a los soldados para que no fueran ellos los que perecieran en el intento, los que estallaríamos por los aires en mil pedazos. Cabezas de turco, con menos valor que los perros famélicos que rondaban a los soldados, dado que estos, al menos, tenían un olfato de gran utilidad, y comían menos que un adolescente.

Ahí me di cuenta: nos miramos unos a otros, estábamos, ya, todos muertos. Éramos cadáveres que, por alguna razón, todavía contenían sangre en movimiento por venas templadas.

Dieron una orden, un grito, un comando desgarrado y desgarrador. Teníamos que comenzar a andar, cogidos de las manos, por el campo de minas, temblando de pavor, dispuestos a morir. Nos miramos de nuevo, resignados, nos agarramos las manos, nos dirigimos miradas desalentadas de ánimo y compañerismo. Aquel que se quedaba rezagado, o lloraba desconsolado, a culatazos le abrían la cabeza. O recibía un tiro por la espalda. Ejecución mucho más rápida y menos dolorosa.

Los reclutas no paraban de golpearnos con las pistolas, las metralletas, y a patadas con las botas, hasta que avanzábamos. O eso o nuestros sesos quedarían completamente desparramados sobre la nieve fruto de la crueldad con la que los aspirantes a tenientes pateaban los cráneos. Era realmente una matanza horrible, insoportable. Todos preferíamos en ese momento explotar por una mina antes qué sufrir ese otro tipo de muerte. Estos militares sabían cómo ser convincentes.

Muertos de miedo comenzamos a andar, unos llorando, otros rezando, otros llamando a su madre, otros, como yo, completamente mudos, en otro mundo. Quizá en la otra parte de la línea de la vida, más que de este lado.

Comenzaron a explotar algunas minas, saltaban por los aires pedazos de nosotros, sangre, un trozo de hueso con restos de cerebro se me estampó en la mejilla derecha, el hueso me hizo un corte, parte de esos sesos se me quedaron pegados en la cara, mientras el resto se escurría hasta tocar suelo.

La nieve nos impedía ver dónde pisábamos, pero todos sabíamos que ninguno de nuestros pasos estaba encauzado a dirigirnos hacia ningún tipo de futuro.

Seguíamos explotando, se oían alaridos, pero no de los desgraciados que ya habían reventado las minas, sino de los otros, los que quedábamos con vida, los que aún teníamos que soportar la idea de dar un paso más, para saber si este próximo sería el último. Los que veíamos los pedazos de dientes, de vísceras, de pulmones, volar por los aires, estampársenos en todas partes en nuestros cuerpos, sin piedad, sabiendo que en el próximo paso, uno de los que quedábamos en pie acabaría hecho puré decorando el encarnizado paisaje.

A cada grito rítmico del comandante avanzábamos apretando los dientes y las facciones, aproximadamente cada tres pasos saltaba una mina, no quedábamos muchos. Un paso más. De repente sentí un gran estallido, mi compañero de la izquierda me tiro muy muy fuerte de la mano, un gran pitido me ensordeció los oídos. No sentía nada, excepto un agudo dolor de cabeza, caí de rodillas, notaba sangre caliente, viscosa, olorosamente nauseabunda. Mantuve los ojos cerrados tumbado en la nieve todavía asido de la mano de mi compañero el de la izquierda.

Poco a poco, a pesar de la terca influencia del pitido de mis propios oídos, me fui haciendo consciente de que podía seguir pensando. Entreabrí ligeramente los ojos, me vi tumbado en la nieve, cubierto de sangre, con lo que quedaba de la mano de mi compañero y parte de su brazo inerte todavía cogidos por la mía. El desgraciado de mi derecha sollozaba y seguía, cubierto de sangre como yo, pero consciente, de pie, esta vez le había quedado muy cerca.

De repente un pensamiento cruzó mi cabeza: ¿y si no me levanto, si me quedo cómo estoy, y si el muerto soy yo?… El mero vislumbramiento de una lejana posibilidad de supervivencia me hizo quedarme sin respiración, paralizado, notando el fuerte golpear de mi corazón en el pecho.

Así lo hice, no me moví ni un ápice, mis oídos seguían pitando, mis compañeros se volvieron a unir de la mano, esta vez la mina, teóricamente, había reventado a dos. Seguí con la mano mutilada de mi desdichado compañero cogida de la mía. No me atreví ni siquiera respirar. Los oídos me seguían pitando, la vista me empezaba a fallar, cubriéndose mis ojos de sangre. Intenté, sin tocarme ninguna parte del cuerpo, dilucidar si era mi propia sangre o era toda de los restos cadavéricos de mi camarada. No sentía dolor aparte del causado por el estruendo interno de la cabeza, no sentía absolutamente nada, aunque me pareció que podía tener cortes provocados por la metralla de la explosión, dado que algunas áreas de mis piernas se sentían como acartonadas, como si se me hubieran dormido.

Y así dejé pasar las horas, así dejé pasar a mis compadres, así escuché morir a todos y cada uno de ellos hasta que no quedó absolutamente ninguno. Entendí que los comandantes se gritaban entre ellos. Parece que se subían a los coches, encendían los motores, hablaban de dejar a los perros para terminar con los cadáveres. Alguno de ellos puntualizó que el campo no estaba todavía limpio. Si dejaban a los perros los perderían en las explosiones. Era necesario ir a por más cabezas de turco, a por más muertos en vida.

El miedo me mantenía completamente inmóvil. Tenía todas las articulaciones atrofiadas de puro terror. Los motores fueron poco a poco alejándose, mezclados con los pitidos que todavía seguían insistiendo en mis oídos. Los oí alejarse y oí el silencio estableciéndose lentamente como dueño del mundo de los ruidos: silencio, silencio.

A través de mis párpados noté que el sol estaba ocultándose, que se acercaba la noche, y y decidí que tenía que moverme, o sería pasto de criaturas hambrientas. Tenía que vencer esta parálisis, este pavor, levantar la vista arriesgándome a perder la cabeza, y reaccionar. Tarde o temprano llegarían los lobos a terminar los cadáveres, a ser ellos los que volaran por los aires quedando dispersos junto a los pedazos de humanos en una interminable mezcla de despojos deformes.

Tras reunir casi todas las energías que me quedaban, me incorporé, eché un vistazo alrededor, mi mirada era turbia, y aún se enturbiaba más por la oscuridad de la noche.

Salí de allí. No recuerdo cómo, no recuerdo cuánto tardé, no recuerdo hacia dónde me dirigí. Solo me contaron qué horas después, me encontraron desmayado en el pueblo más cercano, dónde una buena mujer me lavó las heridas, cosío mis rajas, aclaró mis ojos, limpió mi pelo de sesos ajenos… Y tras varios días de fiebre, me dió de comer sopas calientes hechas de hueso y carne, de alguno de mis compañeros posiblemente. Sopas que ávidamente ingerí, desconocidamente delicioso es el sabor del humano. Sorprendéntemente grato.

Las horas siguientes a mi último cuenco de sopa con tropezones están confusas en mi cabeza, las tropas se acercaban, los lugareños huían, a pie, en el lomo de cualquier equino que encontraran. Yo tuve suerte, estaba débil, me guardaron un sitio en un camión. Durante días nos mantuvimos sin comer, sin beber, haciéndonos nuestras necesidades encima, acurrucados en un camión, en la más absoluta oscuridad. El hedor era penetrante, completamente insoportable. Al principio los vómitos se mezclaban con el resto de líquidos que recorrían fluidamente el suelo de la camioneta, más tarde esos líquidos fueron escurriendo, y empezaron los olores a carne podrida, a heridas infectadas. El revoloteo de las moscas iba en aumento y crecía su intensidad. Se daban un festín con nosotros las muy hijas de puta. Algunos se estaban quedando en el camino. No sabría decir cuántos días estuvimos así, solo sé que el camión no paró en ningún momento, nada más que para robar gasolina de coches abandonados y tanques en mitad de la nada.

Un día levantaron la lona, era de noche, gracias a Dios, de cualquier otro modo el sol nos hubiera cegado a todos por completo. Nos bajaron del camión a chillidos, arrastraron los cadáveres de los que no habían aguantado las condiciones durante el trayecto, y los dejaron tirados en el suelo. Nos imprecaron para que corriéramos lo más rápido que nos dieran las piernas. Hasta aquí hemos llegado, ciao negro, era el mensaje que nos transmitieron.

Europa no me quedaba lejos de aquella frontera ¿saben?. No me quedaba lejos.

Después de día y medio de andar comiéndome todas las plantas que encontraba en el camino, una ardilla que conseguí atrapar por estar parcialmente impedida, y varios escarabajos y arañas, llegué allí, a esa ciudad, avergonzado, exhausto, hambriento…

Y de nuevo fue otro ángel el que me encontró desmayado y me salvó.

Una mujer me dio la vida, varias me la salvaron por el camino. La historia se repitió. Las mujeres son la criatura más maravillosa de esta tierra que nos empeñamos en destruir.

Fatma se llamaba este nuevo Ángel.

Fatma era azafata de vuelo, Fatma viajaba de un país a otro en vuelos de 12 y 14 horas. Fatma descansaba entre 3 y 4 días en cada ciudad en la que aterrizaba antes de coger el siguiente vuelo. Fatma era egipcia. Fatma era baja, delgada, grácil. Una delicada maravilla de piel morena. Fatma me metió en su habitación de hotel, en la cual residía durante esos tres o cuatro días en que pisaba tierra firme, hasta su próximo despegue. Fatma me alimentó, Fatma me hidrató, Fatma me bajó la fiebre con paños de agua fría, Fatma me aseó, despegando de mi cuerpo roña de días, polvo de muchos caminos y costras. Fatma me medicó, Fatma recuperó milagrosamente este cuerpo de entre el reino de los muertos y lo devolvió al mundo de los vivos. Gracias Fatma.

Gracias. Gracias.

Cómo era de esperar, poco después, Fatma desapareció como evaporándose. Desapareció de la misma manera en la que había entrado en mi vida, flotando. Me dejó pagadas 5 noches más de hotel, para que yo me recuperara. Una vez pasada esas cinco noches, tuve que salir a la calle, escuálido, todavía ligeramente desnutrido, sin ningún refugio donde meterme, sin ninguna muda de ropa limpia.

Sobreviví durante días durmiendo bajo soportales, refugiándome en cajeros automáticos, metiéndome sigilosamente en los portales cuando algún vecino dejaba descuidada la puerta… Pasaba la noche en cualquier rincón donde mi alma pudiera habitar.

La percepción del tiempo se estanca cuando nuestra principal preocupación es la supervivencia. Las horas y los días se cuentan nada más que en medida de una noche más que he dormido guarecido, una comida usurpada de algún basurero que nos hemos podido llevar a la boca, una colilla que me he encontrado y he podido terminar de fumar. Hoy ha habido suerte…

Un día, mendigando en la puerta del mercado de barrio, me encontré a Dimitri. Un guardaespaldas que estaba haciendo una compra escasa. Dimitri me miró, obvió mi presencia, pero cuando había andado algo más de 50 m, se dio la vuelta y se dirigió hacia mí.

Sin más preámbulos se sacó mil francos del bolsillo y me los tendió, de manera abierta, pública, para que yo los cogiera. Me miró a los ojos, hizo una ligera afirmación con la cabeza para invitarme a que los hiciera míos. Una vez extendí la mano, me los puso en la palma, sonrió, se dio la vuelta y se fue de nuevo por la dirección que hace unos momentos había abandonado.

Lo primero que pensé es que era dinero marcado, que si lo gastaba tendría a la policía pisándome los talones y con muchas ganas para tener cualquier excusa con la que deportarme. Aunque también fui consciente de que tampoco es que me quedaran muchas opciones. Que si seguía como estaba era cuestión de tiempo que alguien me denunciara y diera la voz de alarma para que echaran al tipo andrajoso y apestoso que rondaba su edificio…

Con ese dinero me alquilé una habitación compartida en el sitio más mugriento que encontré. Al menos me duraría para un mes de techo y comida. Al día siguiente continúe en la puerta del mercado pidiendo, rehuyendo siempre a los guardias de seguridad que trataban de echarme. Dimitri volvió a venir. Esta vez no me dio dinero, me dio un móvil con una tarjeta SIM anónima, trucada.

Yo no sabía que hacer, creía que quizá lo que pretendía era llamarme. Así que estuve todo el día pendiente del teléfono cargándolo con un cargador que le pedí a un compañero que habitaba en esa misma residencia mugrienta donde me alojaba.

Dimitri ni llamo ni apareció, ni al día siguiente ni en lo que quedaba de semana. Sin embargo, al comienzo de la semana siguiente volvió a dejarse ver por la puerta del supermercado. Me dio una nota, un simple medio folio doblado, con letra bien redondeada y sin faltas de ortografía. Estaba en ruso. Yo entendía ruso.

En la nota decía simplemente 3 palabras: necesito tu trabajo. Nuevas esperanzas se abrieron paso ante mi mirada desgastada. Cualquier cosa venía caída del cielo. Legal o ilegal, de cualquier modo, mi situación no podía empeorar. Ese hombre entró en mi vida para salvarme temporalmente el culo. No podía sino hacer cualquier cosa que me pidiera.

En los días posteriores Dimitri fue apareciendo paulatinamente más seguido por la zona, me dejaba más notas con instrucciones, a la par que algunos fajos de billetes muy bien doblados y atados. Un día me dejo un portátil.

Nervioso me dirigí a mi cuchitril, habíamos hablado por teléfono varias veces durante esos días, siempre conversaciones muy escuetas, siempre con instrucciones, sobre cómo debía comportarme, indicándome que debía dejar de aparecer en público, cómo debía vestir y los sitios donde nos encontraríamos en las próximas ocasiones. Él lo sabía todo sobre mí, sabía dónde había conseguido alojamiento, sabía hasta lo que comía. Hacía muy bien su trabajo.

Como decía, nervioso llegué a mi habitación, saqué ese ordenador de su funda, y apreté la tecla de encender con las manos temblorosas. Lo que vi ante mí me dejó patidifuso. Estaba ante la "Dark Web" del mercado negro más oculto, con un código completamente desconocido para los informáticos más buenos que este mundo ha parido. Recuerdo haber hablado de niño en diversas ocasiones de esto con mis primos los de la capital. Todos fantaseábamos con acceder a ella y las inhóspitas cosas que encontraríamos en estos tianguis virtuales donde vender riñones de contrabando para trasplantes eran el pan nuestro de cada día. Solo unos pocos eran capaces de acceder a esta información, a este mundo paralelo, a esta villa de almas perdidas que nunca se recuperan. Quedé muy sorprendido de a quién había terminado conociendo, de con quién me estaba codeando. Yo, que hace un mes estaba prácticamente muerto tirado en una cuneta con polvo hasta el gollete, sin posibilidades de vida ninguna, obviando la única opción de una supervivencia maltratadora.

Si mis primos no estuvieran muertos, se morirían en este momento, pero de envidia.

Yo, Pietrov, estaba en el corazón del mercado negro, dónde se vendían los objetos de lujo más valorados por la humanidad, donde podías comprar hasta las bragas usadas de Marilyn Monroe, donde uno podía adquirir la taza de la que había bebido Hitler momentos antes de morir. Estaba logueado en una cuenta a nombre de Ivanov. Supuse sería un nombre ficticio.

Los meses que siguieron fueron un vaivén de compra-ventas por este zoco encubierto, una cuenta en las Bahamas que engordaba y engordaba con el paso del tiempo, a nombre de otro, por supuesto. Sin embargo, mi nombre poseía una cuenta en Suiza, en un banco fantasma, que se llenaba lívidamente, pero se llenaba.

Así pasaron los días, los meses, puede que alrededor de un año. Durante este tiempo Dimitri me dictaba órdenes de tráfico, compra de objetos, trading… De vez en cuando, cuando la chica a la que vigilaba se dormía plácidamente. Una paleta, me contaba, una engañada más en este mundo, una buena persona que acabará usada cómo pañuelo, llena de mocos, y tirada en cualquier estercolero probablemente sin vida. No conocía a la muchacha, pero me daba la sensación de que Dimitri hablaba de ella con una especie de nostalgia mezclada con ternura. De la manera en que uno hablaría de una hermana mucho más pequeña que uno mismo.

Durante sus visitas, Dimitri me seguía dando instrucciones, no escatimaba en advertencias: yo no podía apuntar nada, no debían quedar pruebas de sus visitas, lo memorizabaa todo como podía, a duras penas. A veces la entrada a un sistema me requería organizar códigos de más de 50 dígitos. Yo me esforzaba enormemente, no quería decepcionar a mi tutor, sentía que estaba en deuda con él.

Un día mi mentor vino a una hora no acordada. No era su costumbre. Generalmente nos veíamos dando paseos por las orillas del lago, o quizá en los barrios más empobrecidos de inmigrantes, entre los que, obviamente, pasábamos desapercibidos. Me explicó cosas que yo ya sabía: me había quedado sin país, había sido invadido por Rusia, había sido absorbido, había sido un joint-venture unilateral. Las embajadas de mi patria habían desaparecido, los pasaportes no se expedían más. La tinta destinada a imprimir esos pasaportes era usada a día de hoy seguramente para remitir las declaraciones de impuestos de las embajadas en el extranjero. Estaba perdido, estaba huído de, literalmente, ningún sitio, nadie nunca jamás me buscaría. Había dejado de existir legalmente. Todos los míos estaban muertos, y los que quedábamos con vida, estábamos desaparecidos y completamente huérfanos de patria.

Seguidamente, después de haberme descrito una situación que yo llevaba tiempo intuyendo, me explicó lo encerrado que uno se encuentra en un país en el que no tenía papeles y del que, básicamente, no podía salir, por la falta de pasaporte. En el momento en el que pisara la frontera hacia cualquier otro sitio, sería detenido en el peor de los casos, o en el mejor podría pasar sin ser percibido, vagabundear por Europa sin poder instalarme en un sitio fijo. Sin pertenecer nunca más al terreno donde se mueve lo legal: contratos, trabajo, matrimonio, doctores, alquileres de viviendas regladas, bonos de transporte público… Todo quedaba fuera del alcance de mi mano. Estas eran mis perspectivas de futuro, me lo dejó muy claro. El encarcelamiento en la alegalidad por la inexistencia.

Sin embargo, me hizo una oferta que obviamente estaba abocado a aceptar. Él, aparte de guardaespaldas, era asesino a sueldo, algo que yo sospechaba desde hacía mucho tiempo. La chica a la que cuidaba debía ser aniquilada, desaparecer del mapa, estar bajo, al menos, cuatro o cinco palmos de tierra en cualquier campo dónde las vacas fueran a pastarle encima. Muy a mi sorpresa, los ojos de Dimitri se volvieron cristalinos mientras dejaba que estas palabras salieran de su boca como una cascada de presagios de mal augurio. Llevaba mucho tiempo con esa chica, creo que le había tomado cariño. Por esa razón, él lo sabía, sería el fin de su carrera. Es más, puede que fuera la razón del fin de su vida.

Dimitri estaba desesperado, y debía desaparecer, de esta manera, me pidió que yo me hiciera cargo de la bobalicona, a cambio de dejarme no ya solo el ordenador, sino también el negocio, el legado. Debía simplemente, abrir una cuenta nueva dónde rastrear a todos mis clientes, hacer phising para una nueva parroquia, y continuar como si nada hubiera pasado. Él me estaría vigilando, al menos eso me dijo, aunque dudo que tuviera los medios para hacerlo después de ser un fugitivo a la huida que no había concluido con sus mandatos y, a la vez, haberme sacado a mí de la ruina más absoluta, y habiéndome dejado usar la cuenta de otra persona durante prácticamente un año, en transacciones internacionales que movían más dinero que todas las bolsas de valores del mundo juntas. La cosa pintaba realmente mal para él.

Me sentí impotente. Este hombre estaba condenado y yo no podía hacer nada para salvarlo.

Entonces lo entendí, Dimitri estaba sacrificándose. Lo suyo era un suicidio por esa chica y por mí, un plan kamikaze. Quizá estaba harto de su vida desde hacía tiempo, quizá había perdido el sentido y no le quedaba nadie a quien amar, como a mí, como a la chica, como a muchas otras personas, olvidadas. Sin hueco en esta sociedad de clase media inconsciente y voraz.

Dimitri tiraba la piedra que lo haría culpable, se quitaba el sombrero y extendía el cuello para que el verdugo no fallara en su cometido. Daba su vida para que la mía y la de la chica tuvieran una pequeña esperanza, una nimia oportunidad, un aliento que ni ella ni yo estábamos en posición de desperdiciar.

Al día siguiente, a las 3, un taxi la dejó, desamparada. Como una pequeña libélula flaca, bella, con 5 maletones, en la puerta de la residencia donde yo habitaba.

Y ahí comenzó una carrera de fondo que debía hacer yo solo. Una nueva parte de mi ya acostumbrado trabajo con la que no estaba familiarizado. Nadie me había preparado nunca para tratar con mujeres fuera de mi ámbito familiar. Nadaba en aguas desconocidas. En el último año y medio me había hecho el muerto para salvar la vida, andar entre minas, tirarme en carretas durante días sin comer ni beber, sobrevivir de la nada, resucitar una vez mi cuerpo había sido prácticamente tornado en un cadáver, subsistir durante meses haciendo actos ilegales sin mirar a quien, encubrir mi personalidad, mi existencia, en unas mafias a las que no les importaba tirotear y fusilar mirándote a los ojos.

Pero jamás nadie me había preparado para hacerle entender a una mujer, que tenía que quedarse a mi lado, que tenía que vivir conmigo, que nos teníamos que resguardar el uno en el otro en una pretendida pareja durante, al menos, un par de años.

Me temblaban las piernas, los sudores recorrían mi frente durante aquellos días en que la observaba de lejos. Dejé varias jornadas para que se instalara en el edificio, la vi de frente de vez en cuando cruzándomela por los pasillos, con un aire cabizbajo, triste, arrastrando los pies. Pasando por la vida como si no existiera, como si fuera la sombra del cadáver de su abuela.

Ahí estaba: otra alma perdida, otra alegal, otra persona sin pasado ni presente ni patria ni bandera.

FATMA

Qué preciosa es la soledad. Nunca lo hubiera imaginado así. El comienzo de cada vida marca en realidad las bases que te seguirán por siempre.

Mi familia era una familia musulmana, militar, con aspiraciones a más. Habíamos nacido todos en Egipto. Mi país era un país orgulloso, en aquel momento se podía decir que éramos una sociedad adelantada, que había salido de las bajezas culturales y religiosas a base de trabajo, esfuerzo, y orgullo matriarcal y femenino.

Sin embargo, dentro de cada casa, se respiraba un aire personal e intransferible. Mi madre, seguía usando hijab, seguía siendo ella la que se negaba a transgredir las costumbres ancestrales en las que había sido educada. Yo había sido aleccionada de la misma manera, por ella, evidentemente. De pequeña jamás pude tragarme los cuentos que necesitaban que me tragara para seguir encadenada a una condena interminable de sumisión. Fue a los 14 años que tuve que elegir irme de allá donde se me encarcelaba. Me fui con mi hermano Albab, aunque nuestros caminos pronto se separarían.

Ambos estábamos de acuerdo que teníamos que dejar nuestro hogar. A mí se me quedaba muy pequeño el país, a él, como hombre con muchas más libertades, se le quedaba muy pequeño el mundo. Yo, sin rechistar, me deje llevar hacia donde él quisiera: Londres.

Durante un tiempo estuvimos viviendo con unos amigos, hombres musulmanes que, cansados del papel que también les tocaba interpretar en una sociedad a la que no querían pertenecer, habían dejado sus hogares, habían desafiado sus tradiciones, no habían aceptado el rol dominante que se esperaba de ellos, y habían huído, desinteresadamente, como un regalo para las futuras madres, hermanas e hijas a las que no querían tener subordinadas.

Vivíamos en condiciones miserables, sucias, sin recursos, con escasez de alimentos. Intenté encontrar otras soluciones. Yo me negaba a haber salido de mi casa para tener que enfrentarme a aquello.

Comencé a buscar trabajo por internet cuando una compañera de piso, otra egipcia, me habló de Dubai. Ella soñaba con irse allí, ilusionaba el lujo, las túnicas, la libertad. Una cultura no tan diferente a la nuestra, pero más moderna, más expandida, más libertaria, más permisiva, más de todo lo que otorga individualidad. En cuestión de horas después de aquella conversación, comencé a buscar información por mi cuenta. Encontré varias opciones, aunque ninguna de ellas me convencía. Sin embargo, me llamó la atención la posibilidad de ser una nómada por el mundo, una mosca de altos vuelos, visitando ciudades, sin pertenecer a ningún sitio, con la libertad que otorga el anonimato, con la libertad que otorga la inexistencia.

Mi trabajo perfecto: apliqué para ser azafata de las aerolíneas más famosas de Dubai.

Después de varios procesos de selección y entrevistas, fui elegida entre otras 20 chicas. El training se hizo en las principales ciudades de los principales países de Europa, sitio donde ya de por sí, estaba. Durante 2 meses pasaba día, tarde y noche pensando en mi futuro, yendo a los trainings, conociendo a mis compañeras. Y finalmente, conseguí comenzar mi carrera profesional en un trabajo que me desligaba del resto del mundo y me dejaba, en soledad, con mi paz. O en paz con mi soledad. Ambas son válidas.

Así estuve trabajando por el aire, sin pisar prácticamente ningún sitio más de 4 días, durante más de década y media.

En una de esas ocasiones me llamó mi hermano. Le había llegado una carta del City Council. Tenía que abandonar el país. No había manera de conseguir más visas de forma legal, había agotado todas las vías rápidas y fáciles. Había aplicado a todas las prórrogas posibles y tendría que regresar por donde había venido.

No me llamaba para informarme de esto. Hacía ya meses que la carta del Ayuntamiento le había llegado. Me llamaba para decirme que se casaba con una polaca, por papeles, sin amor, con dinero de por medio: ambas partes felices. Me preguntó si me parecía demasiado mal, a lo que conteste que a mí el matrimonio solo me parecía aceptable por 2 razones: dinero o papeles. El amor en sí, no necesitaba de un contrato.

Dos meses después fue la boda de mi hermano con su polaca. Yo andaba volando el cielo de Argentina a esas horas, en un vuelo nocturno que había salido desde Madrid. Mi hermano estaba tomado un camino: el suyo propio. Yo ya hacía tiempo que había tomado otro. La vida nos sonreía a la vez que nos iba separando.

Hacía años que no me paraba a pensar que habíamos hecho una vida más allá de lo que habíamos conocido de niños, sin habernos casi percatado. Simplemente empujados por la necesidad y la urgencia de aventura. No sabíamos nada de nuestra familia, ni falta que nos hacía.

Fue aproximadamente en abril del año 2007, que realice 27 horas de vuelo con varias paradas entre Australia y Europa. Me tocaba descansar más de 72 horas. La habitación de hotel donde me quedé era como todas las demás: cama de matrimonio, mini cocina o coin-cuisine y baño. Un lujo impersonal al que ya me había acostumbrado.

Después de descansar y dormir casi 10 horas seguidas para recuperarme del trabajo, decidí salir a dar una vuelta. Ésta es una ciudad soleada, el aire que se respira es limpio. Volvía de pasear a los lados del grandísimo lago, me dirigía hacia la estación internacional de tren. Me sumergí en calles paralelas, alejadas del centro, algo menos transitadas.

Y allí lo vi, tirado en el suelo, parecía muerto. Me acerque a él, quizá estuviera simplemente inconsciente, se habría desmayado. Comprobé que respiraba, y vi, por la pinta, que llevaba días sin una ducha, sin cambiarse de ropa, y no precisamente disfrutando de una vida cómoda. Valoré llamar a la policía, pensé en llamar a una ambulancia, pero inmediatamente reculé: este hombre no tiene papeles, imposible.

Yo ya había estado en esta situación, sabía lo que podía pasar. No podía dejarlo en la estacada, no podía entregarlo a las fauces de esta Europa insaciable de clase media capitalista. Pensé en llevármelo al hotel, pero me costaba llegar a la conclusión de la forma en que podía arrastrarlo hasta allá y pasarlo por la puerta sin que el recepcionista se percatara de que algo extraño pasaba.

Repentinamente me acordé de Lidia, la compañera española con la que tantas veces había coincidido en los vuelos. Marqué su número, espere 3 tonos, enseguida cogió el teléfono. Hey, whats up! exclamó con una amabilidad y una afabilidad características de una cultura soleada. Le conté lo que me acontecía, en la situación en la que me veía, los discernimientos que ocupaban mi mente. Lidia no se lo pensó dos veces, era la persona más empática que había visto en mi vida. En 23 minutos exactos estaba allí de pie al lado mío, mirando a aquel extraño con cara de circunstancias.

Cómo buenamente pudimos, y sobre todo sin respirar los tremendos vapores que emanaban de este cuerpo, lo alzamos entre nuestros brazos, una a cada lado, sin mucho esfuerzo. Este hombre estaba completamente desnutrido. No pesaba nada. Hasta el hotel caminamos pretendiendo que andábamos de fiesta, el cuerpo del muchacho delgado balanceándose de un lado a otro entre nuestros brazos.

Al llegar al momento en que debíamos cruzar el umbral de entrada del hotel, simplemente le entreabrimos los ojos, le abrimos la boca, y empezamos a andar más deprisa. Atravesamos la recepción del hotel limpiamente, con algunas miradas llenas de reproche, juzgando con una ética férrea la situación de fiesta y borrachera de la que aparentemente regresábamos. Miradas acusadoras, y miradas resignadas, seguramente pensando todo el ruido que les quedaba por escuchar en sus habitaciones desde ese momento hasta que se nos pasarán las ganas de juergas. El recepcionista no presto mucha atención, estaba justamente haciendo el registro de dos alemanes.

Subimos rápidamente, lo tumbamos en mi cama, le mojé la cara: sin respuesta alguna, sin reacción por su parte. Decidimos dejarlo descansar. Seguramente tendría mucha hambre, obviamente tenía necesidad de una ducha y de algún antibiótico. Pero ante todo parecía tener una necesidad de dormir incipiente. Era mas desmayo que sueño profundo.

Lidia fue a comprar limón y azúcar para que, en el momento en que el muchacho despertara, poder hacerle algo revitalizante. Nos quedamos las dos allí, sentadas, al otro lado de la cama, mirándolo, y sin saber exactamente qué hacer. Fueron 14 horas bastante tensas. A mí me quedaban menos de 48 para abandonar el país.

El chico despertó. Me miraba completamente perdido, como flotando en un limbo entre la realidad y una pesadilla soporífera, preguntándose seguramente si seguiría vivo. Se bebió tres tés de golpe con muchísima azúcar. Lo metí en la ducha, le dije que se desnudara, y le presté alguna ropa que encontré del ex novio de Lidia, ropa que había dejado antes de embarcar para cuando él despertara.

Lo puse al día de manera rápida, le compré comida para varios días y se la dejé en el frigorífico de la habitación, en el minibar. Bajé a recepción, le dije que estaría mi amigo alojado en este hotel en esta misma habitación durante 5 días más, pagué en metálico.

Volví a subir a la habitación, le aseguré que todo iba a estar bien. Estuve con él un rato, escuchándolo, haciéndole simplemente compañía. Me contó historias estremecedoras, alucinantes, prácticamente imposibles. En varias ocasiones rompió a llorar, de manera lenta, pausada, con unas lágrimas enormes que goteaban a su regazo desde su barbilla. Seguía con la mirada perdida, con el alma rota, con el espíritu masacrado por todo lo que había vivido.

Me sentí fatal por dejarlo en aquel estado, pero mi partida era irremediable. Estaba bien claro en las condiciones de mi contrato. No podía perder ningún vuelo a no ser que fuera por causa de fuerza mayor con justificación oficial.

Cogí mi maleta de mano, me vestí de azafata, me despedí de él con un beso en la frente. Salí por la puerta, y me sentí más huérfana de lo que jamás antes me había sentido.

Lo había dejado solo, me había quedado sola, sabía que nunca más volvería a verlo.

CARLOS EMILIANO

En esa casa habitábamos seis hombres. Aunque siempre había alguna mujer acompañándonos, o dos. Eran mujeres que pasaban unos cuantos días en casa, de mano en mano, de cama en cama, de cuerpo en cuerpo. El pago era alojamiento, comida y escondite de la justicia, o de lo que fuera que estuvieran escapando.

Hacía más de 2 años que vivíamos allí. Ninguno de nosotros tenía papeles. Aunque nos apañábamos bastante bien. En lo que trabajábamos no importaban esos documentos. Nunca cuestionaron procedencia ni destino, las preguntas eran algo que se habían echado a un lado para encontrar a gente que hiciera nuestro trabajo. Nadie con papeles se ganaría la vida así…

Nos habíamos hecho con una furgoneta grande o camión de albañil, que conducíamos lleno hasta el gollete de utensilios de pintura. No para pintar nada artístico, sino para la pintura que mancha, la que te parte la espalda: nuestro oficio era pintar edificios abandonados que pertenecían al Ayuntamiento de la ciudad. El tema funcionaba de la siguiente manera. El Ayuntamiento sacaba a la limpieza, reparación simple y pintura de susodichos edificios para adecentarlos, para que se les diera algún uso municipal propio de cada barrio. Estaban autorizados a optar a esta contrata los nacionales que fueran empresas relacionadas con el tema: albañilería, construcción o reparaciones en general. Algún inglesito se hacía con la contrata por un precio razonable, y, seguidamente nos llamaba. Nosotros le hacíamos el trabajo sucio a la mitad de precio de lo que él iba a cobrar. También lo hacíamos en dos tercios de tiempo de lo que su empresa de nacionales con osteoporosis sería capaz de terminarlo. El tipo se quedaba con el excedente de dinero y, dado que todos éramos inmigrantes inexistentes, no tenía que declarar absolutamente ningún cambio en el contrato.

Éramos conocidos en varias barriadas importantes de la ciudad, "Los Chicos del Camión", "Truck's Guys" nos llamaban. Éramos limpios, éramos rápidos, cumplíamos los plazos: trabajábamos bien. Éramos siempre 6. Los 6 empezábamos a la misma hora, descansábamos a la misma hora, comíamos a la misma hora, cenábamos a la misma hora, nos acostábamos a la misma hora. Sin embargo, los fines de semana eran otra historia.

Sin necesidad de dar explicaciones, al no tener papeles la paga era inferior al salario mínimo interprofesional. Éramos supuestamente pagados por proyecto. El pago por hora echada de trabajo, estaba bajo mínimos. A nosotros no nos importaba eso, nos mantenía ocupados, nos mantenía trabajando, nos mantenía en forma y, además, nos mantenía inmersos en la sociedad. Los fines de semana, como digo, era otra historia.

Fuera de los días de diario, el negocio era fino. De lo que realmente vivíamos como reyes, era de lo que sacábamos gracias a esos días a la semana.

La coordinación era más que absoluta. Llevábamos años perfeccionando nuestra técnica. Teníamos vigilantes, teníamos chivatos, teníamos forzudos que parecían armarios roperos, teníamos gente de todas las nacionalidades con todas las características físicas y con todo tipo de recursos mentales y tipos de inteligencia. Éramos el grupo organizado más completo que habíamos visto nunca.

Unos trabajaban de dependientes a tiempo parcial en algunas tiendas de electrónica. Tenían acceso, encubiertamente, a los papeles, proveedores, tiempo de entregas, recogidas, direcciones y recorridos de los camiones de importación de dichos productos.

Todos teníamos contactos con los propios proveedores, que, por unas cuantas libras, decían sin ningún problema que recorrido iba a llevar su camionero. A veces incluso era el camionero nuestro contacto, dejando que a las puertas de la ciudad, sin todavía haber entrado en ella, robáramos la mercancía habiéndose estacionado previamente en algún club cutre de carretera.

Esa mercancía era trasladada del camión suyo, a uno nuestro. Siempre en mitad de la noche, antes incluso del reparto de esenciales como huevos, leche y productos de primera necesidad. El resultado era un montón de artículos de última generación con los avances tecnológicos más importantes: desde la cámara de fotos con más megapíxeles disponible, al último móvil de Apple, pasando por robots de cocina con valor de más de 2.000 €.

El mercado negro de todos estos productos era inmenso. Nos contábamos por decenas los inmigrantes ilegales que habitábamos las casas más cochambrosas en las barriadas más alejadas del extrarradio de esta ciudad. Pero todos queríamos vivir a la última. El mejor móvil, el último modelo de ordenador, la aspiradora que trabaja sola...

Nosotros solamente éramos los intermediarios entre los productores y esta gente sin recursos. Por escasamente algo menos de la mitad de su precio real, reventábamos los candados que custodiaban las puertas de los transportes donde todos estos caros utensilios venían acumulados desde las fábricas de origen.

Partíamos en dos a esos opresores de metal y liberábamos las mercancías a una cadena de consumo que jamás estuvo a la altura, que jamás fue tenida en cuenta. Éramos los Robin Hood de los productos técnicos. Usurpábamos a los ricos al por mayor, no dejando que el género llegara al consumidor final, desvalorizando el mercado, revalorizando el precio, proveyendo de los últimos avances y las herramientas más modernas a una población de consumidores completamente desatendida.

Nos vitoreaban, nos daban más precio del que le pedíamos. Nuestra cadena siempre funcionaba, como un reloj, con unos beneficios que superaban las expectativas de cualquiera.

El último integrante había sido un egipcio llamado Albab, un perdido que había venido como todos, de rebote, con una visa de estudiante o alguna mamonada de esas. Lo acogí en casa, me cayó bien desde el principio. Durante un tiempo estuvo tratando de buscarse un trabajo normal. Por esa fase hemos pasado todos. Pedía prestados trajes de etiqueta para presentarse a entrevistas de trabajo en los que su color de piel siempre iba a ser un impedimento infranqueable. Comía huevos fritos y judías todos y cada uno de los días, tratando de estirar los míseros ahorros con los que había venido guardados en billetes extranjeros enrollados en algún rincón de su cuerpo. Con el paso del tiempo, cuando su desesperación ya había comenzado, después de que hubiera agotado todas las entrevistas a las que le habían llamado y viendo que los resultados nunca iban más allá del no predeterminado, le ofrecimos el puesto de vigilante chivo expiatorio de televisores. Lo aceptó a duras penas, con remilgos de principiante, pero lo aceptó, dado que no llevaba demasiada responsabilidad ética. Con dilemas morales nos había salido el niño. Los vigilantes de televisores esperaban en las esquinas, vigilaban cada una de las casas, en nuestros propios barrios, a nuestra propia gente, descaradamente. Revisamos en qué casas se veían televisores, cuántos televisores se veían desde las ventana en cuantas ventanas estaban a la vista. Cada casa era vigilada exhaustivamente durante varias semanas. Disimuladamente. Siempre pasando desapercibido, o pretendiéndolo.

Los inmigrantes nunca pagamos los impuestos de la reina por ver la televisión inglesa. Cualquier televisor en este barrio es, por ende, ilegal. Este oficio consistía en tomar nota mental de cada una de los televisores y cada una de las casas para hacer de chivato a la policía. Les dábamos los datos: cantidad de televisiones, cantidad de habitantes por casa, dirección, y cualquier otro detalle que tuviéramos. La policía aparecía un par de semanas después para reclamar los impuestos que nunca habían sido pagados. Los picoletos ganaban por partida doble: descubrían a los inmigrantes ilegales, descubrían a los nacionales dueños de las casas que las alquilaban en negro como vivienda habitual de gente sin papeles, evitándose así pagar los impuestos al Council.

Pasaban por encima de una mafia que no les interesaba, dado que era la que movía los engranajes más bajos y putrefactos de esta sociedad capitalista que se habían montado. No les interesaba desmantelar nuestro chiringuito tecnológico, solo les interesaba llevarse un pellizco de este pastel, mediante la manera más estúpida de recaudar impuestos: viendo la televisión. A cambio nosotros nos llevábamos un pequeño pellizco, y la libertad para operar nuestros dos negocios principales: el de entre semana y el de los fines de semana…

Albab estuvo un tiempo en este oficio, trabajando para nosotros. Pensé que tarde o temprano se nos uniría por completo, que nuestro grupo comenzaría a tener un integrante fijo más, pero no fue así, decidió arriesgarse. Decidió hacerse un poco más legal, sin llegar a serlo del todo.

Comenzó a preguntar mientras vigilaba en sus barrios, por sus casas, en sus dominios, los dominios que nosotros le habíamos dado. Encontró una chica polaca, europea, con dificultades de dinero. La joven llevaba varios años en trabajos de poca monta, tenía una hija en Polonia, un ex marido que le pedía dinero y que le impedía sacar a la niña del país a base de negarse a firmar los papeles para hacerle su pasaporte. La muchacha necesitaba dinero, era de familia trabajadora, decente, estaba educada, tenía una carrera, tenía un trabajo de mierda del que nunca se iría por la imposibilidad de encontrar otro que le diera más estabilidad. Aún así, su trabajo de mierda le pagaba una de las mejores guarderías a su hija en Polonia, clases de violín, clases de dibujo y, una vez al mes, disfrutar de una mañana de hípica. Ya sabéis, los antiguos países socialistas y sus heredadas sensaciones que no poder desperdiciar el tiempo. Irenka que así se llamaba la polaca, necesitaba algo más de liquidez, a su madre la iban a operar, y no se fiaba al 100% de la seguridad social socialista. Quería además una cuidadora que atendiera a su progenitora durante el medio año después de la operación, alguien que fuera a recoger a su hija a esa guardería, a esas clases de violín, y llevarla a esas lecciones de hípica. Irenka necesitaba a un Albab egipcio.

Albab el egipcio necesitaba a una Irenka. El matrimonio le daría los papeles a Albab, Albab daría todos sus ahorros a Irenka. Ambos saldrán ganando. Una historia como muchas otras.

No voy a negar que al principio fue una decepción. Yo había esperado mucho de Albab, al menos mucho más que esto. Pero con el tiempo, cuando ya nos había abandonado, él encontró un trabajo decente, muy mal pagado, pero que le permitía seguir manteniendo el modo de vida de la prole de Irenka y a su vez, comer. Se había mudado obviamente a vivir con ella; sino el departamento de inmigración de la policía británica hubiera comenzado sospechar.

Con el tiempo, la decepción que sentí por Albab se convirtió en reflexión. De la reflexión pasé a la comprensión. La comprensión me llevó hasta el entendimiento y de ahí, empecé a sentir que el camino empedrado por el que llevaba años andando, estaba desmoronándose bajo mis pies. Desapareciendo, tambaleándose peligrosamente…

Comencé a intuir que me estaba haciendo viejo, no todo iba a funcionar siempre así de bien. Estamos sacando los pies del tiesto, andábamos siempre rezando con que no nos pillaran a ninguno. Y había decenas de posibilidades, al menos una por cada uno de nosotros. Decidí seguir los pasos de Albab, encontré una española, Maite.

Maite era una mujer éticamente cuestionable. Aceptó mi dinero para salir de ese mundo en el que lamentablemente, y sin saber cómo, estaba inmersa. Creo que fueron las drogas las que la enterraron en mundos oscuros, para poder al menos tener dinero para pagárselas.

Maite me quiso durante 2 meses. Los 2 meses que tardamos en casarnos, encontrar un apartamento, e irnos a vivir juntos.

Yo seguía haciendo mis negocios. Maite lo sabía. Necesitaba seguir haciendo estos negocios durante al menos 3 años para pagar mi deuda con Maite y seguir teniendo el nivel de vida que había tenido durante todo el tiempo que en este país me había refugiado.

Pero Maite resultó ser una maltratadora. Me insultaba, me vejaba, me amenazaba con delatarme a la policía, me golpeaba, aunque sus golpes nunca eran demasiado fuertes para mí, pero, de vez en cuando, me dejaba algún ojo morado. Yo tenía que tragar, estaba atado a aquella harpía, si caía ella, caía yo. O peor, ella era europea, caía yo sin ella sufrir ni un solo rasguño.

No pasó mucho tiempo hasta que Maite comenzó a hablar de los escasos ingresos que obtenía entre el oficio de pintar y el de contrabando. Comenzó a hablarme de profesiones mucho más ambiciosas, con mucho más movimiento de dinero en mano. Quería que me hiciera camello.

Una vorágine de circunstancias irremediables propició que en los siguientes días me diera cita en la calle con uno de los repartidores de mercancía prohibida que trabajaban para el mayor traficante de droga del East End londinense. Me convertiría en el centro de distribuciones de mi barrio, buscaría a mis propios pequeños distribuidores, yo sería el encargado de la compra de la mercancía pagando siempre por adelantado, por supuesto. Una vez comprada la distribuiría a través de mis pequeños comisionistas, haciendo una clientela fiel, poniendo siempre atención en todos los movimientos de mis intermediarios para que no se metieran en territorios que no les correspondían. Fue él quién me dio mi primer alijo. Fue él quién me comentó cómo funcionaba el acuerdo verbal que tenían con la policía. Si no vendíamos más de un gramo por cliente jamás habría preguntas, jamás tendría que haber respuestas que dieran lugar a torturas.

Y así comencé mi tercer trabajo, aquel que me daría más dinero de todos los que tenía, aquel que haría que Maite me respetara un poco más, aquel que acabaría haciéndome dar con mis huesos en la cárcel.

MAITE

Vaya mierda de país. Vaya mierda de gente. Vaya mierda de comida. Aquí todo es una puta mierda. Encima me he casado con este mamarracho, indecente hijo de puta. Un muerto de hambre he tenido que elegir. Los papeles pesan más que nada, y hay que saber aprovecharse de estos desgraciados. Menos mal que es manejable, parece mentira que haya pasado por todo lo que ha pasado y sea capaz de tragarse toda la mierda que le echo. Es vergonzoso y débil hasta para eso.

Con lo bien que estaba yo en Santander, con su playita, con su ciudad, con su mar embravecido y frío. Con lo bien que estaba yo trabajando de relaciones públicas en Pachá.

Es cierto que mi vida allí nunca fue fácil, era una niña gorda, gorda, gorda... Al menos así siempre me llamaban mis compañeros de clase, mi familia, mis amigos: gorda y autista. Porque no me gustaba hablar, porque no me interesaba la gente, porque decidí cerrar la boca ante quien no merecía palabras.

Fue más adelante que todo cambio, comencé a desarrollar bastante temprano, entre los 12 y los 13 años. Me salió una talla 90 de un mes para otro. Se me empezó a cerrar la cintura, me desapareció la barriguita, se me afinaron ligeramente los muslos. Estaba buenísima.

Las cosas comenzaron a cambiar, llamaba la atención, todos los cabrones que antes me insultaban, ahora me perseguían como babosos. Los mayores, los muchachos, que antes me trataban como una absoluta invisible, de repente, se interesaban por mí. Y adivinen: eso me encantaba.

Con el tiempo dejé de estudiar, más bien no con el tiempo; en cuanto tuve la oportunidad. Enseguida con un buen escote, una camiseta corta y una falda o una minifalda, conquisté al gerente de Pachá. Me ayudé de una felación apoteósica en la que me esmeré adecuadamente. Allí estaba mi puesto, relaciones públicas. Vente bien vestida, me decían. Todos sabíamos lo que eso significaba.

De jueves por la mañana a lunes de madrugada mi trabajo me refería más de 16 horas al día. Lunes, martes y miércoles completamente libres. Eran muchas horas, un montón de jodidas horas. Pero creedme, me encantaba mi trabajo. Yo era la puta reina del lugar. Reina con mayúscula joder.

Aparte de llevar el stock del bar y ayudar a los camareros novatos. Me pasaba las horas en que no estaba abierta la discoteca, pavoneándome entre un montón de gilipollas que me envidiaban. Una vez abierta la discoteca, yo era la Reina del mambo. A todo el mundo podía decirle tranquilamente que hacer o por dónde podían irse al carajo si no me obedecían o me contrariaban. Me dedicaba a codearme con futbolistas, con los grupos VIP, a traer las botellas de champagne a las celebrities que venían a nuestra discoteca. Mi armario ropero reventaba de cosas que molaban un montón. Vestidos de lentejuelas, minifaldas de piel, tops con irisaciones, vestidos que eran poco más de tres palmos de tela conjunta. Era la hostia. Estaba guapísima a todas horas e iba con la última moda de la gente cool. Fue la mejor época de mi vida.

Pero tuvo que entrar aquella sudafricana de mierda a trabajar en mis dominios. Fue ella quien lo jodió todo con su magnífico pelo por debajo de la cintura, su culo respingón que decía mírame, con su piel de obsidiana y con sus finos dedos que se movían, me apuesto lo que quieran, con buenísima agilidad alrededor del miembro del encagado... La muy cabrona, tenía unos labios que eran dos veces los míos, y una 110 de pecho. No había manera de competir con eso. Pedazo de zorra…

Enseguida comenzó a hacerse con la gente, ese acentazo de los cojones no fue ningún impedimento. De hecho, hasta caía en gracia, era "exótico" oírla hablar como si tuviera un calcetín metido en la boca. Maldita imbécil. Con esa cintura de avispa claro que el jefe la iba a promover en cuestión de días.

Por si fuera poco, llevaba meses tocándome las pelotas. No me dejaba en paz. Se había propuesto hacerse con mi puesto, lo sé perfectamente, se le notaba a la legua. El puesto que llevaba yo conservando meses, manteniendo mi cuerpo tan bello como cuando entré a trabajar en este maldito bar. La muy zorra, se restregaba con todo lo que se meneaba, famosos, deportistas de élite de todo tipo, el jefe, el gerente y todo el elenco de camareros. Mientras lo hacía, me miraba de reojo de manera burlona. He de especificar que era 5 años más joven que yo.

Entré en el juego, me restregué tanto como ella o más, pero el éxito no fue tan rotundo. Ya no era lo mismo. Yo no era exactamente una novedad en este ambiente. En mi jodido territorio, repito.

Fue entonces cuando me llegó la rabia, me golpeó, me desvencijó. Está hijadeputa tiene que morir, no pienso tolerar que nadie se meta en mi ámbito, olvídalo, ya puede ir yéndose al país del que vino.

Estuve durante las siguientes semanas como ausente. Hacía mi trabajo a la perfección: sonrisas, roces, miradas picaronas, incitar a beber mas alcohol… Tenía mi oficio aprendido a la perfección, estaba todo ya casi mecanizado. Pero en mi fuero interno la cabeza me echaba fuego ideando la manera de terminar con ella.

Y después de mucho tiempo pensando, e investigando, llegué a la gran solución.

Había sido una semana agotadora. Uno de los días, el jueves, acabamos la zorra y yo tirándonos del pelo en mitad de las escaleras de la Pachá. Nos tuvo que separar Jamie, el guardia de seguridad. Lo peor de todo, fue que se puso de su lado. Esa traición sí que no la podía aguantar. Mi plan estaba esperando ser mejorado para ser ejecutado, pero decidí no darle ni un segundo más de su tiempo, ni un segundo más de lo que se merecía. Iba a acabar con esa hija de mala madre. Con esa Ashanti de mierda.

El sábado de 10 a 1 era su turno de servicio. A esas horas siempre se congregaban los drogatas y barriobajeros más babosos de la ciudad para verla bailar y echar un vistazo debajo de su falda mientras se contoneaba en el trampolín artificial que había a tres metros de altura. Sostenido en volandas por una pasarela de hierro que formaba la estructura metálica de un pasaje que rodeaba todas las paredes de la discoteca a, precisamente, tres metros. El trampolín era usado para el baile provocativo de las gogos, del que más tarde saltarían aparatosamente y grácilmente para ir a dar a brazos del jurata de turno.

Lo tenía todo calculado, por detrás de la plataforma había un backstage al que se accedía por el pasaje desde lo alto de aquel trampolín en el que se hacía el sinuoso espectáculo. Toda la parte de atrás estaba a oscuras, la iluminación no llegaba a esas alturas, los focos estaban por debajo para disimular las barras de hierro, habiendo un único foco dirigido, expresamente, a la bailarina. Se trataba de que las chicas se desplazaran a metros de altura a lo largo de la pared de la Pachá sin que pudieran ser vistas, para después aventurarse en los trampolines de piscina que las sostenían mientras bailaban. Yo estaría esperándola, en ese backstage, en ese cinturón que rodeaba las paredes de la Pachá, en la oscuridad, a la vista de nadie.

Un empujón fue suficiente, un empujón leve, seco, con determinación. Sus tacones de palmo y medio no pudieron aguantar su peso sin dislocarse perdiendo la verticalidad. El tacón izquierdo se retorció levemente en la dirección en que la había empujado: se partió. Se precipito en un abrir y cerrar de ojos hacia el vacío en una caída de espaldas. Aterrizó con la cabeza con un sonido de huesos rotos, el cuello estaba claramente partido. La posición del cadáver era bastante cómica. La posición que se merecía, la posición en la que la puta de Ashanti debía morir.

Aún recuerdo su mirada justo mientras comenzaba a precipitarse hacia el vacío, una mirada de desesperación, de no entender. ¿Qué esperabas malcriada, que te tratara la vida de una manera diferente a esta?. Una mierdecilla como tú con una vida de basura y tratando de joderme la mía. Olvídalo zorra.

Mis planes salieron a la perfección. Mientras la gente se congregaba en la pista de baile rodeando su cadáver, aproveché para salir del backstage, deslizarme rápidamente por uno de los tubos de metal de la estructura, aterrizando con un golpe sordo en el almacén de stock. Habitación sin techo que yo frecuentaba asiduamente y en la que nadie se extrañaría de verme sóla a cualquier hora de la noche.

Lo que jamás me hubiera imaginado era la mirada de esa chica, la que estaba abajo, clavada en mis ojos en el mismo momento del empujón.

No podía ser, no me lo podía creer. Era imposible ver nada desde allá abajo. La oscuridad cubría todo lo que pasaba en la plataforma. Era simplemente imposible. Y sin embargo… lo había visto, lo había visto todo, estoy segura. La muy perra me estaba mirando directamente a los ojos desde abajo. Con cara de circunstancias. Creo que se meó encima y todo de la impresión, o del miedo.

Temblaba, muerta de miedo. No sabía qué hacer.

La policía llegó minutos después de la caída de Ashanti, habían comenzado a hacer preguntas. Me dispuse a irme a mi casa habiéndome cambiado de ropa y habiendo pasado por un leve interrogatorio policial. Mis premeditadas respuestas hicieron que no sospecharan nada.

Me dirigí hacia la puerta y vi que la chica que me había mirado a los ojos desde abajo, me estaba esperando e iba detrás de mí.

Me invadió súbitamente el pánico. Salí corriendo. A media carrera comprobé que la muy asquerosa había echado a correr detrás mío. Me quité los zapatos, los tiré en la noche aun lado, sin calcular, quería librarme de ellos para poder correr más deprisa, sin tacones. Iba todo lo rápido que me daba el cuerpo, me faltaba el aliento.

La discoteca estaba situada en mitad de la nada, un polígono industrial, conocía perfectamente el espacio que la rodeaba. Detrás de una esquina viré rápidamente y me escondí en un callejón. Ella pasó de largo, no me vio, no me descubrió.

Esperé por lo menos 20 minutos más mientras veía pasar la ambulancia, regocijándome para mis adentros, sabiendo que lo que tendrían que haber llamado era a un coche fúnebre. Después pedí un taxi y me fui a casa.

Al día siguiente, como era de esperar, la discoteca se mantuvo cerrada. Se había abierto una investigación policial, aunque todo apuntaba a que el tacón del zapato de Ashanti se rompió en uno de los giros tan sinuosos que hacía la muy paleta, haciendo que ella perdiera equilibrio, precipitándose al vacío. No había sospechosos, pronto descartaron que hubiera sido un asesinato.

Pero yo no me he podido olvidar de aquella mirada, de aquella chica que varios metros más abajo me había visto empujar a la idiota.

Los dos siguientes días fueran complicados. Barajé todas las opciones: que el asunto se olvidara rápido, que la chica fuera a la policía a confesar lo que vió, buscar yo misma a la estúpida aquella y acabar con ella… Yo no podía terminar en la puñetera cárcel. Me niego. Lo mejor sería evitar cruzarme con cualquier evento o persona de mi pasado reciente. Me metí en Internet, Ryanair, el billete más barato, ahí estaba: Londres.

Y aquí estoy, echa una mierda, habiendo tenido que dejar lo mejor de toda mi vida allí, una maravillosa vida donde yo era la jefa del cotarro. Y ahora, soy una don nadie, arruinada, buscando continuamente algún petardo que me mantenga como me merezco, o en su defecto un trabajo que no me haga mover el cuerpo de ninguna manera que no sea bailando. A veces me llamaban para ser crupier de un casino de barrio de tercera división.

Con el tiempo me tuve que resignar al trabajo. Me fue difícil encontrarlo, aquí hay un montón de polacas rubias con los ojos azules, un montón de Sudafricanas como la jodida Ashanti, un montón de latinoamericanas que tienen muy bien aprendido cómo mover el culo.

Y entonces, milagro, lo encontré, al tonto del colombiano que estaba buscando papeles. Será idiota. Con lo fácil que hubiera sido aplicar por ellos, no entiendo nada ni lo quiero entender. Obviamente le pedí 35.000 libras y sonreí. Dos meses después estábamos casados.

Ahora sí te vas a enterar cabrón, ahora sí que voy a volver a ser la Reina. La Reina de mi casa …

LARA

Siempre he sido una enamorada del amor. De niña no podía remediarlo, me clavaba entre ceja y ceja todas las series baratas americanas con exaltaciones de la pareja ideal y el amor interminable.

Bien es cierto que la genética no se puso a mí favor. Algo me jugó una mala pasada. Yo no nací con un cuerpo para el amor, más bien no nací con un cuerpo para enamorar. Era una niña bajita, más bien tirando a fea, y algo barrigona. Me amparé en la simpatía y en la fidelidad a las personas como ventaja respecto a las demás, pero no parecía darme mucho resultado.

Hubo un evento en mi vida que me hizo recuperar la fe, no ya solo en la humanidad, sino también volver a creer en el amor, y una esperanza comenzó a nacer en mí sobre mis posibilidades de buscar y encontrar la pareja perfecta.

Se acercaba el día de San Valentín de cuando tenía 13 años. Por aquel entonces en el colegio comenzamos a dar inglés, aunque la gente, es cierto, no teníamos demasiada idea, incluidos los profesores. El caso es que a la "maravillosa" profesora que tenía en aquel momento, por no llamarle palabras mayores, se le ocurrió la brillante idea de mandarnos unos a otros cartas de San Valentín en inglés, anónimamente por supuesto. Imagínense el problema que eso suponía para unos preadolescentes a los que, si les gustaba alguno dentro de la propia clase, enterraban ese sentimiento en lo más profundo de sí mismos y no se dirigían a su amor platónico ni para darle los buenos días.

Los que amaban de verdad, querían escribir esa carta, sin embargo, debían de hacerlo de tal manera que no se notara ni se pudiera dilucidar quién era el autor de tan maravilloso contenido. Los que no amaban, se preguntaban qué pijo iban a hacer con esos deberes sin sentido. Y todos sin excepción, desde los que amábamos a los que no, nos preguntábamos hasta donde llegaría el ridículo que íbamos a hacer aquel día de San Valentín cuando no recibiéramos absolutamente ninguna carta.

Entre algunas amigas optamos por la sabia decisión de acordar escribirnos unas a otras para, al menos, librarnos de ese maldito momento embarazoso de no recibir nada de nada. Como existía la posibilidad de recibir y de escribir más de una misiva, ya, si queríamos, aparte de la carta de amistad, escribiríamos una de amor anónima que cumpliría su función.

Aquel 14 de febrero llegamos todos nerviosos al colegio. La tensión se respiraba en el ambiente. Los más feotes, nos veíamos ya, desde el principio del día escolar, con una cara que denotaba abatimiento. Los que esperaban recibir cartas por su belleza innata, estaban más amables y afables que de costumbre, rebosando felicidad y seguridad.

Llevábamos inglés a tercera hora, los nervios iban en aumento, la atención a los profesores y a sus explicaciones iba en disminución. Llegó la hora, entró la maestra por la puerta, nos sentó a todos, y comenzó a decir los nombres en las cartas. Todas ellas estaban con las pertinentes faltas de ortografía corregidas en el texto por dentro. La mujer traía una sonrisa de oreja a oreja y nos miraba burlona. Empecé a sospechar que esta actividad poco escolar era una macabra estratagema de la susodicha maestra para tenerse entretenida con nuestros vaivenes amorosos durante la tarde anterior al 14 de febrero.

Comenzó a leer pues los nombres que venían en los sobres, nombres de las personas a las que iban dirigidas las cartas. Uno a uno fue nombrando, prácticamente todo el mundo tomábamos nota mental de quiénes habían recibido ya alguna carta y de quienes todavía no. Había aproximadamente 50 cartas. Dijo mi nombre: Lara. El alma se me cayó a los pies, por fin había llegado la carta de mi amiga, la sensación de ridículo se desvanecía poco a poco.

Sin embargo, cuando me acerqué a la mesa a recoger la susodicha carta, me encontré con que no era el sobre del color acordado con mi amiga, por ende, el contenido iba a ser distinto, igual que el remitente. La profesora, de manera semiprivada, me susurro: Lara no te alejes mucho, tengo muchas para ti. Mi asombro fue bastante grande.

Una tras otra mis cartas, las que iban dirigidas para mí, habían sido intercaladas con otros cartas a otros nombres de los demás compañeros de clase. Fui contando mentalmente 2,3, 4, cuando llevaba ocho, dejé de contar.

En total me encontré con la cuantía generosa de 14 cartas de San Valentín dedicadas a mí en una clase de 36 personas. Las piernas me empezaron a temblar. Las guardé en la mochila. No tenía ni fuerzas ni tiempo para leerlas durante la clase. Pero el resto del día hasta que llegue a casa, mi cabeza no paraba de girar precipitadamente tratando de averiguar la identidad de las personas que me habrían escrito. Lo cierto es que esperaba que la mayoría fueran del resto de mis amigas, pero entre todas, no sumabamos ni la mitad de la cantidad de cartas que había recibido.

Pude dilucidar algunas de ellas, los remitentes anónimos dejaron de ser tan anónimos al ver la forma de expresarse y la escritura. Sin embargo, más de 15 años después de aquel acontecimiento, todavía a día de hoy, no consigo saber quiénes fueran al menos un par de remitentes.

El caso es que hoy, sentada en la cama de este hotel a la orilla del mar Cantábrico, mirando por una de las ventanas del castillo de la Magdalena en Santander, a este mar frío y embravecido, no sé porque me viene el recuerdo de esta historia, de esta anécdota, de esta pequeña majadería que consiguió que siguiera creyendo en un ideal amoroso que ya había abandonado.

Estaba en el castillo de la Magdalena haciendo un curso de filosofía empujada por el interés en este Santander en el que en julio había que llevar chaquetilla. El curso era bastante interesante, pero bastante denso también. Nos habían dado un descanso para ir a nuestras habitaciones, a la que nos retirábamos durante esta semana a refrescarnos un poco. Descansar. Yo me pasé mi descanso mirando por la ventana. Decidí asomar más de medio cuerpo fuera, traté de tentar a la suerte intentando conseguir la sensación de que no estaba dentro de una habitación, sino en el propio tejado, mirando al interminable Mar Cantábrico que se extendía por todo el horizonte.

La ventana de la habitación estaba efectivamente posicionada en lo más alto del castillo, en un tejado de dos aguas qué contenía los altillos o los áticos de esta construcción, el cual en ocasiones hacía de hotel. Por la parte de mar que yo veía, pegando a él, se extendía un paseo marítimo que rodeaba toda la superficie de la Magdalena, qué encuadraba al hotel en parte de ella. Los transeúntes paseaban tranquilos, sin prisa, sin ningún sitio especial dónde ir, solo por el mero placer de pasear en un entorno, por un agradable itinerario, a medio camino entre el mar, atrapando un castillo en su recorrido.

Me fijé en una familia no muy numerosa: padre, madre y una niña de aproximadamente tres o cuatro años. Paseaban de la mano, con la niña en el centro de este maravilloso trío. Sonreían felices. Conversaban. La niña miraba hacia arriba, a lo alto del castillo, y obviamente, su mirada terminó cruzándose con la mía. Cual pequeña niña que todavía creía en cuentos de hadas e historias de amor, comenzó a apuntar con sus dedos hacia el vacío en mi dirección. Mirad, mamá papá, una princesa. ¡¡¡¡Princesa!!!! me gritaba, ¡¡¡¡princesa!!!! A todo lo alto que su voz llegaba. Me tardé unos segundos en darme cuenta que para ella yo era la princesa de esos cuentos de amor que estaba esperando ser rescatada, seguramente, por algún caballero.

De alguna manera sentí un pinchazo en el corazón, esa niña estaba aprendiendo a mirar a la vida desde un punto encubiertamente machista. Pero, por otro lado, esa punzada en el corazón me recordó a mí "yo" de tres o cuatro años. Mi antiguo yo, en cuyo imaginario las princesas encontrarían su caballero andante, su maravilloso hombre guapísimo que vendría a sacarlas del castillo del que estaban encerradas.

Mientras seguía en esos pensamientos la niña gritaba y gritaba: ¡¡¡¡princesa!!!!. Yo le saludé con la mano, intenté gritarle desde lo alto del castillo que la princesa era en realidad ella, pero con el incesante sonido de las olas del mar rompiendo contra la parte baja del paseo marítimo artificial, supuse, que realmente no me oía. Recordé que me habían dado dos piruletas al comienzo del curso, con publicidad sobre los cursos de verano que se hacen en este maravilloso entorno. Fui corriendo a por ellas, busqué con qué envolverlas para amortiguar la caída de varios pisos que les esperaba.

Volví a asomarme por la ventana y les hice signos a la niña y a sus padres para que esperaran. Procedí a envolver las piruletas en varias hojas de papel arrancadas de una libreta de cuadros con la que asistía a las charlas para tomar notas. Todo eso lo volví a envolver de nuevo con papel del cuarto de baño, con miedo de que las piruletas, en su camino y descenso hacia las manos de esa enamorada niña, se rompieran. Después del papel del cuarto de baño volví a colocar más hojas de libreta, hasta que, prácticamente, el recorrido de las hojas no lograba albergar la grandísima bola de celulosa que había montado alrededor de los dos sólidos caramelos. Volví a asomarme por la ventana, le mandé besos a la niña, le enseñé la gran pelota de celulosa, y le hice señas de que se la iba a tirar. La lancé rodando por una de las aguas del tejado, rebotó varias veces en las paredes, o al menos eso creo, porque desde mi ángulo no lo podía ver claramente. Son aproximadamente tres o cuatro pisos los que bajó hasta el suelo. Crucé los dedos para que toda mi envoltura astronómica hubiera surtido efecto. La niña se adelantó corriendo a lo que sería la pared de la fachada del castillo. Por un rato, obviamente, los perdí de vista, oí los gritos de la madre, y las risas del padre. Seguidamente volvieron a posicionarse sobre el paseo marítimo, ganando yo visión de nuevo de sus tres figuras. La niña me enseñó las dos piruletas. Con una sonrisa absolutamente imborrable de su cara, una sonrisa eterna. Una princesa, desconocida, le había tirado dos piruletas desde el balcón de su castillo.

Cómo podía ser, la vida me había brindado una oportunidad maravillosa de hacer feliz a alguien, y no lo dudé, lo hice.

Estaba tan feliz. La vida a veces es, simplemente, mágica.

La familia volvió a su camino, todo volvió pausadamente a la normalidad, me senté en la cama tratando de que el ritmo de mi corazón volviera a su tamborileo acostumbrado. Cuando por fin me calmé, miré el reloj, me quedaban 3 minutos para comenzar el curso, me dirigí hacia el baño, bebí agua, y me dispuse a bajar las escaleras. Todo seguiría su ritmo normal, sin embargo, yo, era un poquito más feliz.

Llevaba un sentimiento templado anclado en el pecho al que estaba decidida a aferrarme durante días.

Jamás imaginé que en realidad me duraría tan poco…

Aquella noche estaba programado tomar algo con los ponentes después de cenar. Parece ser que, además, algunos chicos se habían animado, y querían que nos acercáramos en coche a una discoteca muy famosa que había por los alrededores, en un polígono industrial. No me hacía mucha gracia, pero realmente la genética que me había regalado este cuerpo me seguía incentivando a ser simpática y agradable para suplir mi extrema fealdad. Esta fatídica noche iría, iría a: no recuerdo cómo se llamaba, algo como melocotón en inglés, era ¿peach?

CHICHA

Lara volvió de su viaje, había estado una semana en Santander, en un curso de no sé qué, no me acuerdo, algo que era un poco rollo.

La verdad es que Salamanca tiene muchas opciones de ocio, y yo lo había pasado muy bien mientras esperaba su vuelta. Éramos compañeras de piso desde hacía 5 meses. Yo solo estaba aquí de pasada, ahora que lo pienso, ella en realidad también . Yo hacía unos estudios de español como lengua extranjera, ella hacía un máster en tecnología especializada en algo complicado, otro rollo, que se yo...

El caso es que fui a recogerla a la estación. Había disfrutado mucho el piso durante su viaje. Hacía años que no tenía un piso para mí sola, y las fiestas y los chicos no faltaron ni un solo día. No perdí nada el tiempo. No obstante, la había extrañado. Era una chica tímida y silenciosa, un poco romanticona de más, pero en el fondo, muy muy buena gente. Siempre podías contar con ella para cualquier cosa que te aconteciera.

Cuando vi su cara bajando del tren, en seguida noté algo raro: parecía ausente. Entablé conversación con ella, inmediatamente después de abrazarla efusivamente y besarle un par de veces las mejillas. Comenzó respondiendo con monosílabos, seguí hablando mirándola de reojo, sin importarme que no respondiera a mis preguntas, o que lo hiciera simplemente con algún sonido gutural. Realmente estaba rara. También estaba más pálida de lo normal, aún a pesar de su ya de por sí blanca piel, tenía un semblante como enfermo, o extremadamente afligido. Montamos en el autobús, seguí con mi monólogo cargado de esperanzas de respuestas. Finalmente, me callé para ver si el silencio la hacía reaccionar. Pero nada de nada. Me decidí y le pregunté si se encontraba bien, si se lo había pasado bien en Santander, si el alojamiento en el castillo había sido tan idílico como se lo había imaginado, si le había gustado la comida, si habían salido de fiesta... Pero a ella solo respondía con movimientos de cabeza y un monosílabo perdido a mitad de camino entre las cuerdas vocales y sus labios.

Era un poco desesperante, a decir verdad, consiguió preocuparme. Decidí profundizar un poquito más en tanto secretismo cuando llegáramos a casa. Mis vueltas por el mundo me habían enseñado que cuando ves a alguien mal por alguna razón que desconoces, lo mejor es abrirle tu corazón, compartirle algunos de tus defectos, de tus aventuras, alguna pequeña intimidad. Enseguida se sienten empáticos, sienten más confianza, y se abren. Generalmente acaban contándote lo que les preocupa o lo que les pasa por la cabeza.

Así lo hice, llegamos a casa, le ayudé a subir la maleta, se la pasé a su habitación, le hice que se sentara… La guié en todas estas acciones como quien maniobra con un niño pequeño: manejándola suavemente, llevándola. Estaba como sonámbula, perdida. Le hice un té, y le conté como había pasado yo la semana.

Ni con esas reaccionó. A pesar de que su mantenido silencio me llevó a contar detalles ridículos que la hubieran hecho reír descaradamente en cualquier otro momento. Pero se mantenía en su abandono, seguía en otro mundo. La traté de empujar a darme noticias de su familia, igual era un problema de salud de algún familiar cercano. Estaban todos bien, contestó escuetamente.

Así que me dispuse a sacar mi repertorio. Comenzaría por el principio y no pensaba terminar hasta que viera como le cambiaba la cara, así me aseguraría de que, al menos, ya se sentía mejor.

Comencé como siempre comenzaba con mi historia, de forma llamativa para captar la atención. En el colegio había aprendido haciendo redacciones que es importante enganchar a la audiencia o a los lectores en la primera página.

Le dije: Lara, ¿tú sabes con cuántos tipos me he acostado yo a lo largo de mi vida?. No te lo vas a creer chavala, pero las nacionalidades son muy variadas: españoles, canadienses, colombianos, peruanos, ecuatorianos, ingleses, austriacos, kazajstanes, India, nepalíes, brasileños…

Le conté la sensación tan extraña que se siente cuando estás saliendo con un chico de Turkmenistán, hijo de político exiliado, con dos guardaespaldas acompañándote a distancia por cada calle por la que pasabas. Le conté como entrábamos en los bares, él siempre pedía por mí, era costumbre en su país. Tenía la costumbre de pedirme licores de crema, de esos dulces, tipo Baileys. Siempre me atendía como si fuera una princesa, me miraba como si fuera un tesoro, pero me hacía el amor como si fuera un trámite administrativo. Qué cultura más rara. Eres un sueño inalcanzable hasta que se casan, y entonces pasas a ser un mueble, un adorno, una solución a los problemas caseros, una mota de polvo más entre los ornamentos de la casa.

También le hablé de aquel indio que me encontré a la entrada de una iglesia, con el que anduve hablando todo el día. Un indio perdido que había ido solo a conocer Europa, un indio colgado, muy buena persona. Reía a todo lo que yo le decía. Cuando nos metimos en la cama, poco podía yo sospechar que iba a ser el polvo más decepcionante de mi vida. La tenía tan pequeña que casi ni notaba cuando me penetraba, en cuestión de minuto y medio se corrió dentro de mí, con un condón puesto que le venía 1000 tallas más grandes. Aquello fue patético, realmente la experiencia sexual más patética de mi vida. Fue a ducharse y cuando volvió pretendía repetir. Me reí, no lo pude evitar, lo mandé a su casa y le dije: por aquí no vuelvas chaval.

Indudablemente capté su atención. Este tipo de anécdotas no dejan indiferente a nadie. Darle un tinte gracioso a la vida de nómada amorosa hace que la curiosidad de cualquier persona despierte.

Lo que nadie quiere escuchar son las anécdotas penosas. No pensaba contarle que no es oro todo lo que reluce, que me pasé casi 2 años rogándole a aquel español que no se acabara una relación viciada prácticamente desde el principio. Que me mudé tres veces de ciudad por él. Que no supe nunca decirle que no, que lo esperaba en casa mientras él salía con sus amigos, habiendo yo estado trabajando más de 12 horas cada día para poder pagar la parte del alquiler que me tocaba y poder seguir viviendo con él, en su país, a su lado...

Tampoco le iba a decir nada acerca de aquel italiano, que conocí en España, por el que me mudé a Italia, donde viví casi un año y medio siendo camarera de un antro trabajando 15 horas al día de jueves a domingo. No le iba a contar que necesitaba dormir todos los días en casa de mi suegra, que los fines de semana él también los quería pasar con la familia, con lo que no teníamos prácticamente ni un momento para nosotros dos solos. Que así estuve durante ese año, siendo el otro medio año una rebelión contra él y la situación que me llevó a vivir a una ciudad cercana, durante el tiempo que me quedó de estancia en aquel país, esperando que él viniera, que cambiara de opinión, que dejara su casa, que mostrara algo de compromiso con la relación, que quisiera seguirme por amor aunque fuera a la vuelta de la esquina de su casa materna.

Obviamente, no lo conseguí. Lo esperé con esperanzas, no lo voy a negar. En cambio, nunca vino a quedarse más de una noche seguida. Y así, encabronada, cogí un avión que me llevó a Australia. Dónde pedí una visa que me dejara trabajar. Y así estuve, trabajando de nuevo de camarera, en comunidades de inmigrantes temporales, rodeada de ingleses, de irlandeses, de norteamericanos, y algunos latinoamericanos. Feliz pero escocida, con costra, herida. Pensando que no había nadie que mereciera la pena como para seguir adelante.

Es allí donde conocí a Fergus, escocés, por lo menos podríamos decir que teníamos unos orígenes parecidos, al fin y al cabo Escocia e Irlanda se parecían en muchos puntos, una necesidad de hablar una lengua ancestral, diferente entre Irlanda y Escocia, pero con los mismos orígenes. Una necesidad de independencia enterrada bajo siglos de paz, un reírse de acentos británicos y estadounidenses que no iban con nosotros. Compartíamos una zona geográfica no tan amplia, las diferencias culturales eran prácticamente inexistentes. Fergus estaba en su aventura cumplida de dar la vuelta al mundo, sentido India. Para mí, mi próxima parada era México, íbamos en caminos opuestos. Los 8 meses que me quedaban de estancia en Australia, pasamos prácticamente cada hora de cada día juntos, riendo, compartiendo, apoyándonos, siendo novios, amigos, familia, amantes.

El fatídico mes del fin de los 8 meses había llegado. Yo ya no podía renovar mi visa, a él no le quedaba mucho más de la suya. Fueron casi 3 noches de despedida. Renuncié a mi trabajo con una semana de antelación a mí partida para poder pasar más tiempo con él: viajamos, compartimos, bebimos, lloramos, reímos... Fue una semana de una intensidad extenuante.

El último día me levanté muy temprano, no quise despertarlo. Le preparé un café para cuando despertara, cogí mis maletas y me monté en aquel avión. No me gustan las despedidas, él lo sabía.

Él daría su vuelta al mundo, yo la mía, nos encontraríamos en Irlanda en una casa que yo poseía desde hacía 10 años. Allí no nos preguntaríamos que habíamos hecho en el resto de nuestra vuelta al mundo, allí no nos juzgaríamos, allí empezaríamos de cero, con un colchón de sentimientos que nos antecedían. Sentimientos de amor, necesidad, y compañía. Allí comenzaríamos una nueva relación sin intentar apoyarnos en el pasado.

En la tierra de los Aussies, se me partió el corazón de nuevo, a la misma vez que lo rellené de esperanzas, de promesas, de maravillas... Soy una estúpida romántica empedernida, y luego me dedico a criticar a Lara por esto mismo... Me doy vergüenza, de veras.

México fue la bomba, me encontré con otras tres amigas allí, todo estaba programado. Fueron tres semanas locas, de borracheras, de tíos buenos, de ligues de una noche, de risas interminables, incontroladas.

Un día que salimos de fiesta nos levantamos súper tarde, decidimos agarrar nuestros bártulos y pasar la resaca en la playa. La cruda como ellos la llaman. Al volver de la playa nos habían saqueado el apartamento, habían entrado en el piso, forzado la puerta, nos habían desvalijado todas las maletas y se habían llevado todo lo que había de valor. Nos quedamos casi sin nada, con la ropa más barata: las de playa. Nos miramos las unas a las otras, no sabíamos si reír o llorar. Optamos por lo primero. Obviamente algunos de los muchachos locales que habíamos invitado a entrar venían con mayores intenciones que simplemente echarnos un polvo. Una semana y media más tarde de aquel robo, cogíamos otro avión, yo, esta vez, rumbo Irlanda, ellas por donde habían venido: Sudáfrica.

Me pase 3 meses con mi familia, en casa de mi madre, disfrutándolos a todos. En esos momentos Fergus estaba en Argentina, todavía viviendo su aventura. Le quedaban 2 meses y medio.

Nuestras comunicaciones habían sido muy fluidas desde el momento en que nos separamos. Él estaba muy pendiente de mí, me preguntaba todos los días como estaba, que hacía... Era muy caballeroso. Cuando llegó el día en el que el pisaba Escocia, ya de vuelta, yo estaba muy nerviosa. Habíamos acordado darle otro medio mes para que se instalara de vuelta en su casa, para que preparara las cosas para su nueva partida a Irlanda, para que se hiciera a la idea.

Allí nos mudamos, y viví feliz en una relación maravillosa durante aproximadamente 10 meses.

Durante este tiempo perseguí mis sueños gracias al apoyo de Fergus, que demostró estar a mi lado en las buenas y en las malas. Trabajé en editoriales, me hice editora de contenido. Fue estupendo, pasábamos mucho tiempo juntos.

Pero de la noche a la mañana, el comenzó a trabajar más, ya no quería volver a casa, prefería ir de vez en cuando con los amigos, tomaba más de la cuenta, llegaba borracho a casa, ya no se molestaba ni en ponerme excusas, simplemente no quería responder a mis preguntas. Yo comencé a obsesionarme, en mi trabajo todas las mujeres a mi alrededor estaban embarazadas o acaban de dar a luz, estábamos en esa edad, ya se sabe…

Nunca me había planteado tener hijos, no los quería, no eran algo que me atrajera. Ahora bien, pensé que esa sería nuestra manera de salvar la relación. Si yo me quedaba embarazada, si teníamos un hijo en común, el volvería a pasar más tiempo en casa, volvería a prestarme la atención que en aquel entonces siempre me prestó, cuando no estábamos de cuerpo presente sino a decenas de miles de kilómetros de distancia.

El tedio nos había agarrado indefensos, despistados. Se había instalado en nuestros silencios, se había metido en nuestra cama, se había mezclado entre los ingredientes de nuestra cocina. Todo era aburrido, monótono, falto de interés. Quizá aquel niño nos salvara. Quizá la promesa de un feto pudiera sacarnos de aquel embelesamiento apático.

Decidí planteárselo. Reuní todo mi valor y se lo estampé en la cara: Fergus, quizás sea el momento de tener un hijo. Discutimos, nos dijimos palabras feas, nos gritamos. Esto no tenía solución, un hijo no iba a romper con sentimientos tan feos anclados en nuestros corazones. Con esta monotonía que nos alejaba al uno del otro.

Fergus comenzó a estar más distante, ya no quería ni siquiera tocarme, se dedicaba a ver el rugby: había empezado la Liga. Sus amigotes entraban todos los días en casa y se quedaban hasta altas horas de la mañana. Sabía que eso me molestaba. Lo hacía expresamente porque sabía que me molestaba.

La situación comenzó a ser insostenible. Un día, después de volver del trabajo, me confesó que ya no quería seguir con esto. Se daba quince días para desalojar, para mudarse, para dejar mi casa. Mientras tanto yo me mudaría a casa de una amiga. No quería coincidir conmigo.

En 15 días ya estaba fuera. En 15 días yo ya estaba obligada a cambiar de vida, de nuevo.

Me fui con una amiga, vivimos las dos juntas en su habitación de alquiler compartido. Una tarde, charlando en casa con mi amiga y confidente, le confesé que, de alguna manera, hube pensado durante un tiempo que Fergus era el hombre de mi vida. Levanté la mirada, avergonzada, temerosa de enfrentar sus ojos. Ella me miró con comprensión y una sonrisa de medio lado. Su respuesta me sacó una sonrisa. Me dijo:

- Chicha, siempre lo creemos, en cada chico con el que estamos. Si no no continuaríamos con ninguna relación, si no nunca les daríamos ni la más mínima oportunidad. Simplemente pasaste una vez más por lo que ya habías pasado. Aunque cada vez te parezca nueva y distinta, más temeraria, con una herida más profunda. -

Y ahí, lamiéndome las heridas, insultando a la raza humana, mentándole la madre a todos los hombres de la tierra, conocí a Joan.

Joan es un hombre alto, guapo, moreno, de ojos claros. Un auténtico bellezón. Joan trabajaba en Manchester, pero vivía en las Seychelles.

No lo dudé un instante, un clavo saca otro clavo, dicen. Me monté de moínas y me fui para Manchester. Joan trabajaba allí durante la semana y viajaba cada 15 días a Seychelles a pasar allí otra, eran viajes de negocios. Y así, a intervalos de 2 semanas viéndonos, una de ausencia, fuimos conociéndonos durante los tres siguientes años.

Joan me pidió en matrimonio, Joan me saco de mi espera agonizante, Joan me prometió que todo iría mejor. Joan se volvió a Seychelles, yo me fui a Salamanca, pensaba pasar allí 3 meses, reencontrarme con mis amigos, vivir con Lara que alquilaba una habitación barata en su piso. Después de ese tiempo Joan volvería por mí, me salvaría, me llevaría, viviríamos en Seychelles rodeados de monos que entrarían a nuestro chalet de ensueño.

Tendríamos un hijo, regordete y blanquito, y seríamos felices. Felices. Felices...

Estoy segura. Esta vez va a funcionar. Tiene que funcionar.

GARAN

Descendientes de nómadas comerciantes en la Ruta de la Seda, éso eran mis padres. Turkmenistán, madre del desierto de Karakum, residencia incondicional de "La puerta del infierno". Habitada por exsoviéticos recientes, con un 80% de musulmanes. La mayoría hoy dia musulmanes modernos, a cuya descripción respondían mis progenitores. Patriarcados de puertas para fuera, matriarcados de puertas para adentro.

Mi familia era distinta. Mi padre era político, alcalde de segunda división. Mi madre ama de casa musulmana recta y correcta. Mis tres hermanos y yo siempre fuimos a escuelas de pago. Predicábamos el Corán, a la par que estudiábamos sociología, letras, estadística y literatura universal. Nos preparamos para la universidad. Sabíamos que no éramos como los demás, teníamos mucha suerte.

Dentro de los planes de mi padre estaba sacarnos de allí, no para siempre, solo temporalmente, a cada uno de los tres hermanos. Quería que tuviéramos una visión extranjera, que viviésemos durante una temporada en un sitio donde la religión no fuese el motor principal de la vida. Quería que viéramos a mujeres en bikini, que oyéramos rock and roll, que probáramos el alcohol, que comiéramos de todo…

Mi padre, con su posición social y política, se jugaba el tipo con sus ideas. Si alguien fuera de nuestro círculo familiar se enterara de sus planes para con nosotros, no sólo perdería su trabajo, sino su estatus y hasta su dignidad. Era un hombre muy valiente, y siempre quiso que nosotros siguiéramos ejemplo en esos términos.

Unos más que otros, nos fuimos dando cuenta de que no teníamos tanto valor como él. Yo accedí al irme al extranjero, accedí a hacer una práctica para la vida real, cómo él la llamaba.

Como era hijo de político, no podía andar por ahí sin protección. Hubieran podido atentar contra mí, sobre todo sabiendo de la familia de la que venía, el poder que ostentaban, el ejemplo que debíamos dar dentro de nuestro propio país. Mi padre me mandó lejos, todo lo lejos que pudo. Y aquí llevo solamente 6 meses.

Sin embargo, en estos 6 meses, ya trabajé como camarero, comí todo el cerdo del que me pude atiborrar, consumí alcohol moderadamente y anduve con chicas cuando tenía la oportunidad, aunque las oportunidades eran más bien escasas.

En uno de esos vaivenes felices conocí a Chicha. Yo sabía que en Occidente las mujeres no se toman las relaciones tan en serio, iba sobre aviso. Y estúpido no fui.

Un día se vino a tomar algo conmigo, la primera de tantas otras veces. Sus ojos brillaban, estaba preciosa, tan blanca… Ella hablaba un inglés perfecto, el mío sufría precariedades. Tuvo mucha paciencia, es de ese tipo de personas que le gustan los extranjeros, que prefieren escuchar pausadamente una historia distinta a verborrea vacía en su propio idioma.

Chicha se me acercó mientras estaba trabajando, me sonrío, estableció un contacto y una conversación a la que pude responder con monosílabos, dado que no me podía permitir establecer trato personal con los clientes en mi puesto de camarero de eventos y convenciones. Me preguntó cuando salía del turno. Me sonrojé, nunca antes una chica había tomado la iniciativa en lo que a mis relaciones esporádicas respecta. Le contesté, y a la salida me estaba esperando.

Sinceramente no sabía qué hacer, me sentía desnudo, avergonzado. Nadie nunca me preparó al improbable hecho de que una chica se me acercara por su propio pie… Cuando le pregunté dónde quería ir, ella respondió que le daba igual. Así que hice lo que siempre hacen las mujeres en mi tierra, las mujeres liberadas, a escondidas. Lo que mi madre siempre hacía con sus amigas mientras reían, cuchicheaban y no paraban de criticar lo que las demás hacían.

La llevé a un bar poco frecuentado, para proteger su honor. Vino la camarera, la de siempre, la que me veía cada 2 días beber una copa con los guardaespaldas que mi padre me había puesto 24 horas al día. La camarera me saludó, los guardaespaldas se sentaron en la barra, les sirvió lo de siempre. A mí se acercó y me trajo ya lo que sabía que yo tomaba. Preguntó que deseaba ella. Me lo preguntó a mí. Sabia camarera, conocía mi cultura, conocía mi religión. Y pedí lo que siempre había visto a mi madre pedir: Baileys.

Chicha me miró extrañada, en ese momento no me dijo nada, pero al poco caí en la cuenta de que en Occidente no se les piden las bebidas a las mujeres, son ellas las que deciden qué beber. Me sentí ligeramente abochornado, pero enseguida Chicha me sonrió. Pareciera que mi elección había sido de su gusto. Le había caído en gracia que yo pidiera por ella. Me sonreí a mí mismo, para mis adentros. Al final todas las mujeres quieren una cosa, que las cuiden y que las quieran. Y no solo las mujeres son las que quieren afectos, sólo que son las únicas eficazmente inteligentes para demandarlos y recibirlos abiertamente.

Al volver al día siguiente al trabajo, Nero me preguntó qué tal me había ido con ella. Nero es un gran amigo, trabajamos juntos, conseguimos el trabajo el mismo día gracias a una española estupenda que trabajaba en la Empresa de Trabajo Temporal a la que acudimos, de manera independiente el uno del otro, a buscar trabajo. Aplicábamos a un trabajo de camareros de eventos, algo sencillo, algo para lo que no requirieran títulos inconvalidables entre países tan distintos. La española era una rebelde disfrazada con un traje de chaqueta. Está en contra de un sistema que desprecia a los extranjeros y utiliza a trabajadores ultra capacitados para trabajos negreros. Hipocresía lo llamaba ella.

Así que, en sus descansos de comida, andaba por la calle haciendo entrevistas encubiertas a no nacionales con cara de hambre. Los mandaba a la ETT haciéndoles que se estudiaran un dibujo que ella misma había hecho y fotocopiado con el protocolo nacional sobre la colocación de cubertería en una comida de lujo. Les decía las respuestas a las preguntas que aparecían en el formulario oficial que había que superar para poder trabajar como camarero, y los mandaba a la ETT. Muchos le debíamos la posibilidad de poder seguir quedándonos en este país a esa insubordinada, dispuesta a jugarse el trabajo, para dar oportunidades a los que andábamos sin nada que llevarnos a la boca.

Servíamos mesas, en hoteles de 5 estrellas, de lujo, a mujeres y hombres que viven muy por encima de las expectativas de los demás. A princesas árabes, actores de Hollywood, a futbolistas famosos, a toda una caterva de gente que generalmente nos trata como si no existiéramos, como si la comida llegara sola a su mesa como por arte de magia, como si fuéramos completamente transparentes.

Nero es un gran amigo, es algo mayor que yo, tiene sueños. O los tuvo algún día, yo eso ya no lo sé.

NERO

Provengo del país más extenso del mundo, de una superpotencia energética. Una rama de nobles vikingos, dieron lugar a nuestros ancestros, los eslavos orientales. Yo soy ruso. Así nací, y siempre lo seré en el corazón. No me importa lo que piensen los demás sobre mi patria.

Ruso soviético, un profesor excelente especializado en enseñanzas colaborativas federales. En diversas ocasiones he recibido premios en Moscú, honrando así a mi país y a mis padres. Soy simplemente el mejor en lo mío.

En 1991 nos pasaron al capitalismo. Nos jodieron la vida. Malditos fracasados. Estábamos muy bien siendo soviéticos. De la noche a la mañana nuestros valores no valían, nuestros conocimientos no eran estándares, fuimos sustituidos, destituidos de nuestros oficios, los que habíamos trabajado y ensalzado nuestra madre Patria durante décadas.

Mis alumnos pasaron a estudiar empresariales, historia universal, literatura fuera de la propia del régimen, por culpa de estos hijos del dólar. Y muchos dejaron de estudiar, a la fuerza, por comunistas. Algunos de ellos se suicidaron antes que formar parte de esta aberración mercantilista. Esos a los que nunca llegué a recomendar lecturas, a los que nunca veré más, a las mentes a las que nunca nadie volverá a instruir porque están criando malvas.

Al principio empezaron a discapacitarnos, a cortar nuestras alas, a testimoniar con sus testigos inexistentes que su vida era mejor, que su modo de subsistencia era el único válido. Nos dejaron a las puertas de la servidumbre, esperando volver a ejercer nuestros oficios, mirando a un vacío sepulcral que, inesperadamente, se extendía en nuestro horizonte.

Pero en vez de eso, se trajeron fuerza de trabajo extranjera. A los nacionales nos pidieron volver a la universidad, evaluarnos de nuevo, para poder convalidar nuestros títulos en un sistema educativo basado en la riqueza, en el pago por adelantado de unos conocimientos que quién sabe si te piensan dar...

Están muy equivocados estos capitalistas. Yakob, yo y unos cuantos más no pasamos por el aro. Fuimos miles de personas los que nos negamos rotundamente a la colonización financiera, a la abducción inversionista.

Todos éramos conscientes de que actuando así reducíamos irremediablemente nuestras oportunidades, y, con ellas, debían mermar nuestras expectativas.

Nos aislaron, hicieron de nosotros y los nuestros unos lobos traidores. A algunos los convirtieron a religiones extrañas, les negaron su pasado, los forzaron a salir de su presente, los volcaron contra sus familiares.

Así nos vimos desterrados, varias familias, a pie, marchándonos de un suelo que siempre había sido nuestro. Abandonando un país soviético cuya esencia ya escasamente existía, teniendo que meternos en un sistema de burbujas inmobiliarias y especulaciones absurdas. Así llegué aquí, a este país de herejes y acaudalados caciques.

Y encontré este trabajo, sirviendo mesas para esos malditos empresarios y famosillos de tres al cuarto, la élite de los fascistas del euro, aquellos de los que precisamente estaba tratando de huir.

Por qué acepta este trabajo os preguntaréis, bien, no había manera de ejercer la enseñanza. Es más, las enseñanzas sobre conducta apropiada, evitar la insubordinación y el modo de llevar una vida comedida, aquí no tenían cabida. Tuve que cambiar la tiza y la pizarra por la bandeja de bebidas. Debido a que no me dejaban salvar mentes de la corrupción, no sabía qué hacer con la mía.

En un principio preferí pasar hambre a rebajarme. Pero cuando llevaba más de 20 días a pan y agua, yo, mi mujer, y mis hijos, acepté este insulto de puesto, este agravio al que llaman trabajo. Gastaba la totalidad de lo que ganaba en comida para mi familia. Llenábamos el estómago, y ya habíamos pasado un día más, escondidos entre las sombras de personas que se han convertido en dioses de la mentira, en fantasmas de libertinaje, en ejemplos del vandalismo ético.

En estelas del abandono poético.

En mi familia solo teníamos una amistad fuera de los componentes familiares: Guadalupe. Ella era distinta. Una pequeña guatemalteca de pecas y piel café con leche, físicamente tan opuesta a nosotros. Con sus risas, con sus bailes, con su conformismo feliz… Sus opíparas comidas, ropas abundantes… Quién sabe de dónde las sacaba con su sueldo que no le daba casi ni para pagar el alquiler. Guadalupe era como una segunda madre para mis hijos, una tía. Era una amiga para mí, era una confidente para mi mujer.

Guadalupe era el único pilar libre en esta tierra de extraños imperialistas.

GUADALUPE

Guatemala es mi país natal. Nunca jamás se me ocurriría intentar librarme de mi herencia cultural. Guatemala para mí es pesadillas, folklore, abrazos, mil formas de vida, oportunidades de negocio que no terminan nunca, plazas, condos, playas, cenotes . . .

Guatemala es mi mamá, mi hermana y mis hijos. Guatemala me vio nacer, me vio crecer, me vio casarme con ese politicucho de mierda, me vio tener dos hijas, me vio aguantar a un hijo bastardo que mi marido tuvo con una prostituta, y criarlo, y aprender a quererlo. Porque a los niños se les quiere sin importar de dónde han salido.

Guatemala es montar una cuchillería, restaurar navajas, ganarme mi propia vida después de un divorcio mal logrado.

Guatemala es haber sufrido un secuestro que duró 3 semanas, de unos malparidos intentando que mi marido, politicucho de segunda, les pagara una recompensa por mi liberación, intercambio monetario que nunca llegó a suceder. Una vez vieron que mi exmarido no pensaba aflojar ni un chavo, me dejaron ir: en un callejón sucio, lejano, me abandonaron una tarde soleada. Tirada entre un montón de colchones sucios con olor a orines.

Guatemala es desesperación, intentar ganar juicios contra alguien con más influencia social que yo.

Guatemala es alegría, oportunidades, maravillosa comida, sol y playa.

Guatemala es cuidar a mi madre porque un autobús en el que iba
montada y que andaba demasiado deprisa, pilló un bache a mitad de la calle, y del salto que dio mi madre, se le dañaron varias
costillas al aterrizar de nuevo, sentada, sobre el duro plástico que
conformaba las sillitas de la banqueta en que van sentados los
usuarios de transporte público. Después de varias operaciones y
no tener a quien reclamarle, mi madre quedó ligeramente impedida por el resto de su vida.

Guatemala es desesperanza, Guatemala es alegría, Guatemala es
querer huir, pero también querer fluir, Guatemala es siempre
querer volver y risas y amor y bailes…

Guatemala son cientos de miles de sentimientos encontrados, que
nunca se apagan, dentro de mí.

Hasta que un día, cogí los bártulos, hice todos esos sentimientos
una bola que enterré en mis entrañas, y me fui. En Europa tenía
a mi tía esperándome. Yo ya había jugado aquí todas las cartas de
la baraja, no me quedaban más opciones para sobrevivir ni más
ases en la manga, no podía hacer nada que no implicara negocia-
ciones demasiado difíciles en mi vida. Había que aplicar el "Next".

Y así partí, afligida, desesperada, dejando a mis hijas detrás en casa
de mi exmarido con su nueva mujer. Con promesas de volver, de
no olvidarlos, con promesas poco esperanzadoras de que no me
olvidarán. Eran dos escuincles de 4 y 7 años. Me dolía el corazón.

Pero también, entre los retazos de mi desesperación y de mi tristeza,
crecía una pequeña ansiedad de libertad que estaba escondida
desde hacía ya tiempo, albergada en lo más profundo de mi pecho; La pasión por la aventura que siempre me acompañó, por fin
tenía rienda suelta, "Lady Libertad".

Mi perspectiva creció en mí con una abrumadora naturalidad. La
ilusión por dejar todo aquello atrás era indescriptible, estaba dispuesta a renunciar a muchísimas cosas, no podía más, tenía que
escapar de allí.

Aterricé en Europa completamente desprovista de recursos, marea-
da por la increíble inestabilidad que me rodeaba. Perdida me di-

rigí hacia el punto en el que me había citado mi tía. Allí estaba, esperándome. Con un coche viejo y destartalado. No podemos decir que mi tía tuviera muchos bienes tampoco, en aquel entonces.

Durante los primeros 2 años viví con ella, me dediqué a ser lo que en Guatemala llamamos pepenadora: buscaba lo que los demás no querían, miraba en los contenedores, preguntaba por las casas, recogía televisores usados, ropa que ya no era deseada, artículos de todo tipo que pudieran ser vendido después en los múltiples mercadillos de segunda mano que habitan estas grandes ciudades.

Por el camino fui haciendo amigos, una increíble afabilidad y amabilidad creció en mí, hacía años que no era tan sociable, pues hacía años que no me sentía tan liberada. Era pobre, era libre.

Entre esas amistades con las que conté al principio, había una húngara que enseguida se ofreció a darme trabajo en la tienda donde ella laboraba. Siempre necesitaban nuevos trabajadores, la fuerza laboral de la empresa se movía demasiado, era muy cambiante y volátil, por algo sería…

Así pasaron los siguientes tres años, trabajando en una tienda de trajes de boda, de comunión, y de noche. Nuestra tienda estaba en un barrio de tercera, colindante entre el barrio de gente de color y el barrio de gente que venía del resto de Europa y del Este, población toda con bajos recursos. Los vestidos que vendíamos eran baratos, pero bonitos. Vestidos de boda sin demasiada ornamentación, vestidos de damas de honor, de quinceañera: pomposos y demasiado adornados, vestidos sencillos de bonitas telas que importábamos de China y vendíamos a precio no muy alto en un local de estilo cutre y grotesco.

Allí trabajábamos una multitud de todas las nacionalidades: serbios, turcos, españoles, griegos, gente de Eritrea, italianos, polacos, egipcios… entre ellos estaba Nero, mi ruso preferido, un señor alto, rubio, de ojos azules, pálido, extremadamente delgado. Un señor callado, asocial, que siempre guardaba una distancia enorme con los demás. Todo lo opuesto a mi naturaleza latina.

Durante un tiempo fue un reto que me hablara, después, lo fue intentar que se abriera. Una meta que conseguí en determinadas ocasiones. Aunque los rusos suelen ser fríos, a pesar de ser realmente amables. Él se salió pronto de trabajar en la tienda. No quería estar encerrado en el almacén con los demás hombres, manejando el stock. No le gustaba estar entre miles de vestidos colgados en dos pisos de rieles. Se le hacía un exceso de productos, un derroche de recursos, una blasfemia capitalista. Se fue a la búsqueda de otro trabajo, pero la amistad nuestra perduraría durante muchos años. Junto con la confianza que había ido construyendo con su mujer y sus hijos.

Cuando Nero dejó de trabajar con nosotros, llené su vacío y mi necesidad de comunicaciones con Domix, un húngaro que venía muy verdecito el pobre. Era más tieso que una estaca, pero escondía un centro tan tierno que derretía. Andaba bien perdido el muchacho, siempre huyendo de su pasado. Siempre queriendo pasar desapercibido. Lo que necesitaba este muchacho era hacer vida: llorar abiertamente, reír, emborracharse y, sobre todo, dejarse querer. Estaba lleno de resentimiento. Necesitaba alguien que lo acariciara a lametones, cual gato abandonado.

En esta torre de Babel a cuyas faldas se acercaban clientes de muchas etnias y colores, fui feliz durante varios años. El ambiente que se respiraba entre los compañeros de trabajo era inigualable. Pasábamos las horas atendiendo a clientes travestis, mujeres de color con pelucas que se caían a trozos cuando les ayudábamos a probarse nuestros vestidos, damas de honor en bodas de bajo presupuesto, hombres de cultura árabe que entraban en la tienda para comprar los trajes de quinceañeras a sus hermanas y mandárselas a Arabia Saudita… En este ambiente multicultural y ecléctico encontré una felicidad inesperada.

Pero todo, tanto lo bueno como lo malo, un día tiene que acabar.

Tuve que volver a Guatemala, mi madre necesitaba una operación urgente, una de mis hijas era infeliz y estaba pensando en mudarse conmigo. Me vi forzada por las circunstancias a abandonar el trabajo, pues era preciso que me personara en Guatemala varios meses para cuidar de mi madre, para reconectar con mis hijas.

Se acabó la tienda, se acabó la casa compartida con algunos españoles, una húngara y una escocesa, se acabó lo que se daba.

Aterrizada en Guatemala me recorrió la espalda un escalofrío qué colapsó todas las neuronas de mi cerebro. Una inmensa ola de felicidad me sacudió el cuerpo, a la par que una fuerte oleada de miedo, de desgana, de tristeza: los sentimientos encontrados que este país siempre había provocado en mí.

Pasaron los meses ocupándome de mi madre, pasando tiempo con mis hijos, intentando entender todo lo que había pasado mientras yo no estaba allí. Una vez mi madre quedó recuperada y la confianza de mis hijas ganadas, una de ellas, la menor, se vino conmigo de vuelta a Europa, a seguir estudiando en el instituto y a hacer vida allí dónde su madre habitaba, dónde estaría lejos de la influencia de su padre, que la agobiaba.

Comenzamos esta segunda etapa europea de una manera ligeramente diferente, yo tenía ganado un pequeño derecho a recurrir a ciertas ayudas sociales durante unos meses, nos dieron una vivienda de protección oficial, nos anduvieron ayudando con la manutención.

Pero enseguida se personó: allí estaba, la oportunidad.

Un hospicio en el que trabajaría por los siguientes más de 8 años. En la sección de neonatos abandonados de la policlínica-hospicio del centro de la ciudad. Trabajaba limpiando durante un par de años. Gracias a estar en esta tierra de oportunidades y tras varios cursos preparatorios, me ascendieron a cuidadora huérfanos.

Vigilando a neonatos en sus pequeñas incubadoras, con toda la delicadeza que tratarías a una mariposa extenuada, pasé los años entre risas y ternura. Maravillosos recuerdos quedarán de este trabajo grabados, por siempre, en mi memoria.

Fue durante esos años también que conocí a mi paraguayo, un hombre alto de ojos claros que devolvería el amor a mi vida. Un hombre con el que reír, con el que ver películas, con el que compartir distintas culturas. Un idioma común que, a veces, daba lugar a muchas más confusiones que si ambos nos comunicáramos en un tercer idioma.

Su familia vivía en otro país de la Unión Europea. Después de varios años de luchar los dos por nuestra subsistencia y mantener unos ahorros, decidimos mudarnos con su familia.

Mis hijas eran grandes, las dos estaban en Europa ya, cada una tenía su vida.

Lo conseguí, los dos habían crecido conmigo. Está sensación me llenaba de orgullo. Pero era el momento de seguir evolucionando, de seguir a mi paraguayo por donde quiera que él fuera. Así que allí nos mudamos, con poco a la espalda, siempre habíamos sido bastante minimalistas.

Tras unos meses de búsqueda de piso, un poco desesperada, encontramos algo que nos cuadró, algo que nos llenó el alma, un rincón dónde yo restauraría navajas de nuevo y transformaría con mi presencia una casa en hogar.

Montamos una empresa, los dos trabajamos juntos, parecía que la vida no podía ser más maravillosa.

Pero, la existencia, picarona ella, siempre enseña que la realidad está en constante movimiento, y nunca se cansa de recordárnoslo. Y entonces sucedió: la bofetada que de vez en cuando nos devuelve al mundo que nos rodea, la que nos hace girar 180 grados para, inesperadamente, recordar que tenemos un culo al que, de vez en cuando, hay que mirar.

Mi madre necesitaba otra operación, había varios asuntos que debían ser atendidos en Guatemala, tenía que pasar otra temporada allí. Decidí pasar unos meses, como la vez anterior que tuve que ir. Además, era necesario solventar algunos negocios de mis hijas

…

Eché ese viaje. Atendí a mi madre. Disfruté de compañías que hacía años que no veía, y me volví. Quería volver con mi paraguayo, regresar a mi hogar.

Pero lamentablemente, lo que encontré, no fue un hogar. Había pasado de nuevo de ser hogar, a simple casa.

Mi compañero me esperaba con una mala noticia: ya no quería que siguiéramos juntos, no quería continuar compartiendo su vida conmigo, me había convertido en un lastre. En los meses que había estado fuera, le había dado tiempo a tener otras expectativas, a construir otros sueños en disonancia con los que teníamos, otros futuros donde yo, ya no encajaba. Increíble, pero cierto. Me sentí traicionada, despechada, frustrada, engañada. Me sentí tantas cosas que ya ni me acuerdo.

Sin embargo, mi biografía había sido siempre muy activa, movidísima y completa. A lo largo de los años me había enfrentado ya a situaciones de las que fue mucho más difícil salir.

Saben lo que les digo: Ciao negro, otras bonitas cosas vendrán a alegrar mi camino. Me voy al sur, dónde dice Joaquín Sabina, que se vive mejor.

A mí la vida no me va a tumbar.

¡Next!

DOMIX

La mafia húngara me había pillado. Me pilló aquel febrero lluvioso. Había dejado de nevar y llevaba tres días lloviendo. Más de la mitad de la nieve se había derretido con esa lluvia cálida, que nadie sabía de donde había salido. Quizá eran las lágrimas de nuestras madres, aquellas que temían por nuestras vidas cada día, cada minuto, cada segundo de los que arriesgamos nuestra existencia para salvar la de los demás.

Yo, en realidad, soy cirujano. Un cirujano especializado en operaciones complicadas de estómago. Principalmente cánceres diversos, los que actúan en la zona abdominal. Siempre he sido el mejor en mi trabajo, nunca he dejado de ejercer, lo que más me gusta en este mundo es poder salvar una vida que ya estaba perdida, de la que el propietario ya había desistido hace tiempo.

Pero para poder hacer esta labor, necesito material, necesito cuerpo laboral, necesito esfuerzos sociales, necesito productos, necesito un poblado detrás de mí dispuesto a ayudar y a proveerme de todo aquello que preciso para hacer milagros.

Las aldeas deprimidas y reprimidas de Rusia no son precisamente el mejor campo de cultivo para una tecnología médica de última generación. Pedíamos el material de los laboratorios, suplicábamos a las farmacéuticas para que nos mandarán más drogas con las que curar a nuestros enfermos, mendigábamos a las asociaciones internacionales (especialmente a las europeas). Luchábamos por cada pastilla de analgésico, por cada jeringa de anestesia, por cada píldora anticonceptiva. Todo nos costaba un mundo de súplicas.

Una vez que las farmacéuticas o los laboratorios nos mandaban lo pertinente, el 80% de las veces se perdía por el camino, fruto de un asalto de los militantes del mercado negro, o a causa de unas fuerzas militares desabastecidas que interceptaban cada importación para poder obtener los productos que tanto precisaban, casi tanto como nosotros…

Hacía tiempo que todos los pueblillos de la zona pasábamos necesidades, hacía tiempo que no solo nos moríamos de hambre, sino de sencillas enfermedades mal curadas.

A fuerza de no tener nada que perder, nos fue invadiendo la valentía y el coraje. Nos juntamos los 7 especialistas que existíamos en la zona, todos servíamos tanto como para un roto como para un descosido. Pero en verdad éramos: traumatólogos, cardiólogos, cirujanos, urólogos y demás especialistas que, finalmente, acabamos haciendo desde suturas hasta operaciones de rotura de cadera, pasando por partos, sin que fuera ninguna de ellas la específica ocupación para la que nos habíamos tirado años estudiando.

Como digo, nos reunimos ante esta escasez de utensilios básicos para la "medicina de trinchera". La situación no podía seguir así, nos negábamos a confirmar lo que querían enseñarnos: que debíamos resignarnos a ser los últimos de la cola, que debíamos renunciar y ver a nuestros civiles morir, que debíamos mirar con gesto impávido como nuestras demandas se perdían por un camino infinito de asaltantes que no escondían su identidad.

En aquella reunión, reinaba la impaciencia, el ambiente estaba crispado, se acabó lo que se daba, íbamos a actuar. El canal de distribución sería solo nuestro, nos echaríamos a los páramos, en mitad de las gélidas noches, vestidos de blanco, camuflados por la nieve que generalmente invadía nuestros valles. Interceptaríamos la mercancía en el momento que pisaba nuestro territorio. Dominovich, el cardiólogo, tenía un cuñado que se dedicaba al contrabando. Él nos puso en contacto con toda la caterva de gente con agallas que necesitábamos en nuestra misión encolerizada.

Y así, una buena noche de marzo, decidimos saltar por ese metafórico acantilado. Se organizo una buena operación, según nosotros planeada hasta el mínimo detalle, pero, obviamente, no somos contrabandistas. A pesar de todo nuestro cuidado y nuestra dedicación a la operación, descubrimos, demasiado tarde, que había habido algún topo. Alguno de los acostumbrados a una vida más villana, había avisado a los militares, los cuales nos sorprendieron en mitad de la operación, hacia las 2 de la mañana.

Fue sencillo y rápido. Nos estaban esperando. Ni siquiera supimos de dónde salían. Eran decenas, nos rodearon en un abrir y cerrar de ojos. Reían como hienas exaltadas bajo la espesa negrura de la noche. Interceptaron la mercancía y nos mandaron a casa.

Por la cantidad de población del área deprimida donde vivíamos, estaba claro quiénes éramos todos los componentes de la banda, quiénes eran nuestras familias, a las que, desde el punto de vista del Imperio, habíamos hundido en la vergüenza.

Las represalias serían duras, inesperadas y prolongadas durante años. Desde aquel instante quedábamos advertidos. Vendrían a cobrarse sin previo aviso, varias veces, y de formas fortuitas la vejación y el insulto que habíamos ocasionado a la madre patria.

La mayoría de mis compañeros decidieron seguir con su día a día, arriesgando su vida y la de sus familias, sabiendo que, en cualquier momento, entrarían en la sala de operaciones constituida por un antiguo polideportivo desnutrido, y acabarían con nosotros a golpe de bayoneta, o con nuestras mujeres, o con la virginidad de nuestras hijas menores.

Yo solo tenía un hijo: Zoltan. Solo tenía que temer por una vida además de la mía. Pero no estaba dispuesto a pasar por aquello. Agarramos las maletas, y abandonamos andando la que había sido nuestra tierra durante generaciones. Los suelos que había arado mi tatarabuelo con el sudor de su frente, el territorio en que mi bisabuelo había construido su casa con sus propias manos, la región que había recorrido mi padre como esquilador, la granja que me había visto nacer y crecer... El barro y el polvo bajo el cual yacía el cuerpo sin vida de mi esposa.

Después de mes y medio de recorrido a pie, de dormir allá donde encontrábamos, incluido a la intemperie, y comer aquello que nos daban los buenos samaritanos que encontramos en nuestro camino, llegamos a esa multicultural ciudad europea, dónde encontramos trabajos dedicados al servicio de una población despreocupada, enferma y obesa.

El primer trabajo que tuve fue de camarero, un cirujano especialista en cánceres de estómago trabajando de camarero en hoteles de cinco estrellas, donde iba la mejor alcurnia de los muchos bobos que en el mundo del famoseo han sido.

Varios meses estuve en ese trabajo, hasta que encontré una tienda. Era una tienda de vestidos bastante horteras, para señoras que no entretenían su tiempo más que en fiestas y eventos sociales. Vestidos de novia, vestidos de fiesta, vestidos de quinceañera… Todo un menaje de lentejuelas, brillos y satenes al que yo nunca estuve acostumbrado en mi Hungría natal.

No es que me fuera quejar, allí por lo menos cobraba seguro. Lo único que pedían era que hicieras bien las cuentas, que no te equivocaras. Y creedme, eso era capaz de hacerlo.

Zoltan, sin embargo, por ser joven y estar fuerte, trabajaba en la lonja de fruta y pescado, desde las 2 de la mañana desaparecía de la casa para ser de los primeros en ir, por turnos, a dichas lonjas. La última, obviamente, era la de fruta y flores. Allí compraba al por mayor, y llevaba la fruta en un camión de prestado a las pequeñas tiendas de barrio que ponían los turcos en las esquinas. Allí, le mal pagaban esa fruta, la repartían en cuencos, y cada cuenco valía una moneda. Una maravilla de negocio, ellos ganaban, mi hijo también, y la fruta no salía demasiado cara para el consumidor final. Las flores eran vendidas de manera errante. Gente del este de Europa, de variadas nacionalidades repartían las flores en ramilletes que vendían a precio estándar en la puerta de mercados y supermercados, en los parques, en las zonas de bares…

Sin embargo, cada día que pasaba, mi hijo estaba más ofuscado. Esa fuerza de trabajo estaba constituida por ilegales, trabajaban no ya sin contrato, sino sin papeles, la mayoría no tenían permiso de trabajo, venían con una visa de turista que extendían Dios sabe cómo y, mientras tanto, hacían trabajos en negro y se mantenían en aquel país mejor que cualquiera de los que pagamos impuestos.

Fueron varias veces que le recomendé que se tranquilizara, ellos no le hacían más que bien, le compraban la fruta de la Lonja, es gracias a ellos que seguíamos comiendo el pan que traía a la mesa cada día. Pero Zoltan era joven y orgulloso, no quería repetir las injusticias con las que había crecido hasta más allá de los 20 años.

Personalmente, no estaba en el mejor momento de mi vida. Era irónico que no me calmaran las ansias ni el alojamiento asegurado, ni la comida en la mesa, ni la sobra de productos de primera necesidad. El miedo que sentía de y hacia mi Hungría natal, la sensación de vértigo, las náuseas por los nervios, la inseguridad, volvieron a hacer mella en mi salud, de nuevo volví a sangrar cada vez que iba al baño.

Yo ya sabía que el maldito cáncer me estaba comiendo por dentro desde hacía año y medio. Pero no podía parar, no podía quedarme anclado a mitad de camino, tenía que seguir, por mí, por mi hijo, por el ejemplo que dábamos a todos los que nos miraban desde fuera, desde Hungría.

Además, no podía permitirme acudir al médico que hubiera necesitado. A falta de operarme yo mismo, no quería que lo hiciera ningún otro. Y menos por un precio inalcanzable. Pero me preocupa que mi hijo, una vez yo faltara, se metiera donde no lo llamaran y acabe degollado en alguna esquina de esta gris y neblinosa urbe.

KEREM

Llevaba años pensando en irme. La muerte de mi madre fue el momento clave, el punto de inflexión, el detonante. Se me habían acabado las razones para seguir en Bosnia.

Mi padre no llevaba una relación muy cercana con sus hijos. Cuando pequeños recuerdo las canciones de mi madre, sus risas, el olor de sus guisos mientras canturreaba y bailaba en su amplia cocina, que había transformado en su sitio, su territorio, su reino.

Por contra, de mi padre, solo recuerdo sus ausencias por temas de trabajo y su presencia ausente, sentado en su sillón de tela raída y hundida, leyendo el periódico o viendo la televisión a bajo volumen para que mi madre no lo imprecara. Ella no toleraba que la política entrara en casa, no quería saber nada de guerras ni conflictos internacionales. Para ella sólo existíamos sus hijos, su casa, sus hermanas y su marido, en ese orden de preferencia.

Mis hermanos, cada uno había hecho su vida, y entre cada uno de nosotros existían puentes históricos insalvables de ciertas diferencias que, desgraciadamente, no hacían más que acentuarse con el paso del tiempo.

Llevaba enarbolada como ventaja el hecho de pertenecer a una cultura que fue poderosa desde tiempos inmemoriales, de gente valiente, de guerreros imparables, de familias unidas. Nosotros, los Otomanos, no nos rendimos nunca: desde Túnez hasta mi hogar: Bosnia. El este del mar mediterráneo ha sido, y será por siempre, nuestro lar.

Y así me fui, así abandoné mi morada, sintiéndome ya de antemano huérfano por tener que prescindir de una madre de la que no me pude despedir. Sin nada, sabiendo que podía ponerme en contacto en destino con los de mi nacionalidad, que encontraría una manera de ganar dinero y sobrevivir en esa extraña tierra que me aguardaba impaciente, con una sonrisa malévola de medio lado…

No me equivocaba, a los 10 días de estar allí ya tenía casa y trabajo. No era ninguna maravilla, y obviamente yo, allí, quería prosperar. Sin embargo, para empezar, estaba mejor que bien.

Éramos un grupo de unos 10 o 12, organizados, íbamos a la lonja de subasta de flores desde muy temprano en la mañana, antes que amaneciera siquiera el sol. Antes de que las estrellas comenzaran a dejar de verse. Sobornábamos a los proveedores de flores. Lo más fácil de conseguir siempre fueron los bulbos importados directamente de la región de Bollenstreek en Holanda, y las plantas de tréboles rojos o violetas que exportaban los daneses para esparcir la imagen de su flor nacional, de la que se sentían tan orgullosos. Además, tiene la ventaja de que son menos perecederas.

Nos hacíamos con las mejores plantas del mercado, exceptuando las que estaban reservadas para las grandes superficies con precios más elevados. La repartíamos en pequeños ramos dónde cabían, aproximadamente, un par de docenas de flores. Los vendíamos en puestos callejeros, en las esquinas, en los callejones, a veces con licencia, a veces sin licencia. Un ramillete una moneda, sencillo, directo, rápido…

Pudiera parecer que los beneficios no eran amplios, sin embargo, todos los que trabajábamos ahí estábamos a medio camino entre la legalidad y la ilegalidad. Visas de estudiantes que podían trabajar unas 20 horas al mes, visas de turistas extendidas que supuestamente no podían trabajar, gente en tránsito entre dos visas: que no estaba inmersa en el asedio de la ilegalidad forzada, ni dentro de la legalidad reglamentada, más bien alegales impacientes, podríamos llamarlos. Solo el dueño y un par de gerentes o manos derechas del mismo, tenían toda la documentación gubernamental requerida para ser libres.

Esta situación acrecentaba los beneficios, ya que la "empresa" se ahorraba los altos impuestos que el gobierno extirpaba directamente del bolsillo del pequeño empresario y, a la vez, permitía a los dueños pagar a los trabajadores por debajo del mínimo interprofesional, dada la delicada situación en la que se encontraban y sus ansias de querer pasar desapercibidos el máximo tiempo posible. Al menos hasta la llegada de sus nuevos papeles, hasta que la mendicidad a la que se veían empujados para limpiarle el culo a esta tierra de oportunidades acabara. Hasta que pudieran recurrir a la posibilidad de hacer trabajos más acordes a sus estudios y disposiciones. Hasta poder dejar de lado los trabajos básicos y necesarios que ningún nacional quería hacer.

Situación respaldada por el consecuente hacer la vista gorda de la policía, que retroalimentaba un círculo de semipobreza y baja inclusión social, beneficiando a una sociedad que, con mucho ímpetu estratégico, subvenciona exclusivamente la estupidez y la pillería aplicada por los propios nacionales…

Estuve casi 2 años así, todo marchaba estupendamente, empecé a ahorrar para poder vivir en un sitio menos cochambroso. Ya podía arrancar a hacer proyectos de vida: había conocido a mi chica, una francesa con ascendencia latinoamericana que físicamente no tenía nada de Latina. Una mujer que era todo lo contrario a todas las mujeres que me había cruzado en el camino durante toda mi vida. Por eso me fijé en ella. Por eso me enamoré de ella en primera instancia.

Llevábamos varios meses viéndonos, al principio bastante espaciado, poco a poco con mucha más frecuencia. Ninguno de los dos comenzó la relación pretendiendo comprometerse, ahora bien, allí estábamos, disfrutando de nuestro tiempo juntos y queriendo ir a más. Le pedí que se fuera a vivir conmigo, una noche con una cerveza, bajo una luna creciente. Me costó mucho trabajo, contuve mis nervios trabajosamente, pero no podía dejar pasar esta oportunidad. Mi genética de ancestros osados me dio el último empujón. Ella dijo que sí y yo fui inmensamente feliz. Un par de meses después compartíamos casa, cama, frigorífico, baño y lavadora. Yo seguía levantándome a las 4, yendo al mercado de subastas, poniendo el puesto después para los fijos y pateándome las calles que me habían sido asignadas, repartiendo los ramos, cobrando lo que se podía.

Un buen día, o más bien un mal día, apareció una patrulla de tres policías en coche. Se plantaron en la esquina, se bajaron rápidamente, de forma sincronizada. Se pusieron la mano en el cinturón a la altura de la pistola que llevaban pendiendo de sus cinturas, como todo el mundo sabía, casi por decoración, con la única intención de usar el gesto como callada amenaza judicial, más que posible atentado contra la propia vida. Vinieron derechos a nosotros. Zobett y yo estamos atendiendo el territorio, los dos éramos alegales, los dos estábamos precisamente donde no debíamos estar. Hicieron muchas preguntas. Pidieron muchos papeles. Prácticamente ninguno de ellos los teníamos. Y después de llevarnos a una comisaría de policía en coche, dejando nuestra circunscripción desatendida, hicieron muchas llamadas y nos dieron 72 horas para abandonar el país.

Las opciones eran: o nos íbamos por nuestro propio pie, o éramos deportados. Última opción, la cual, implicaba la no readmisión al país por ninguna de sus fronteras, ni siquiera en condición de turista. Consecuentemente, si dábamos lugar a la segunda opción, habría represalias legales a largo plazo.

Mi mundo se vino abajo, Sophie no me lo perdonaría, mi imposibilidad legal de seguir compartiendo el tiempo con ella me había hecho acudir, desde hacía ya mucho, a la ilegalidad. No quería prescindir de su compañía, no tenía fuerzas para renunciar a otra mujer maravillosa en mi vida. La pérdida de mi madre era la única ausencia femenina que me veía con fuerzas para sobrellevar.

No obstante, no me quedaba más remedio que admitir que hoy día ni siquiera la alegalidad me permitía estar a la vera de mi francesa hermosa.

Llegué a casa cabizbajo, estaba destrozado, la encontré sentada en el sillón, esperándome para cenar, con la mesa puesta y una sonrisa honesta en los labios. Sus ojos respiraban tranquilidad sólo de verme. Había pasado las últimas horas nerviosa, me contaba, no había recibido noticias mías por un buen rato. No me habían dejado utilizar el teléfono móvil en la comisaría.

Le explico la situación, lloramos largo y tendido, cogidos de la mano, entrelazando el alma. Una vez pasada la primera impresión, intentamos trazar diferentes planes: huidas, matrimonios rápidos de conveniencia, que ella se viniera conmigo a Bosnia condenada a vivir en la ilegalidad pasando por los mismos infortunios por los que yo estaba pasando… Todas, absolutamente todas las opciones, eran malísimas.

No salíamos de nuestro asombro, y no teníamos demasiado tiempo para hacernos a la idea. Dos días pasaron, y allí me encontré en el aeropuerto: escoltado como si fuera un delincuente, un terrorista, como si hubiera robado el Banco Nacional en vez de estar vendiendo flores durante años, haciendo una función, un papel, que ninguno de estos patrios quería hacer.

Qué injusta es la vida, qué hipócrita es el primer mundo. Solo nos quieren para cuidar a sus niños mientras ellos dan a luz y se van a trabajar como si un niño se educara solo, poniendo en adopción a sus hijos a la cuidadora que sea la mejor postora. Atendiendo a sus mayores cuando ya no quieren ir a verlos, cuando son una molestia para su ajetreada vida de depredadores económicos sin escrúpulos. Y nos dejan ejercer todos los oficios que involucren excreciones corporales no deseadas. Siempre y cuando no los molestemos, por supuesto. En el momento en el que tu cara extranjera incomode a alguien, algún chivato hijo de puta llamará a la policía, y ya se encargarán de echarte, de deportarte, de invitarte a salir en el mejor de los casos. De cortar de un tajo limpio y doloroso cualquier conexión con tu precaria vida en sus tierras, continuamente regadas de lluvia gélida.

Aquí, en mi Bosnia natal, a la que nunca había pretendido volver, de la que me había costado tanto tiempo desembarazarme, tan lejos de mi medio yo… Hablaba con Sophie largo y tendido, cada día, por teléfono. La separación nos pesaba en el alma mucho más de lo que nos habíamos planteado.

A los dos meses de estar separados, ella vino a visitarme por primera vez. No solo nos vimos, también conoció a mi familia, la llevé a visitar estas tierras que ya no sentía mías. La admiré profunda y crispádamente. Aproveché cada instante de la semana que pasó allí. Pero se acercaba, impasible, el doloroso momento en que nos tendríamos que separar de nuevo.

Necesitábamos tomar las riendas de la situación, habíamos barajado todas las posibilidades y la decisión estaba tomada.

Nos casaríamos aquí, en mi tierra: mi Bosnia. Era lo más rápido, ya que a mí no me permitían volver a pisar aquel país mientras no tuviera unos papeles que demostraran que podía hacerlo. Sophie fue muy valiente, muy entregada. Parecía una auténtica mujer otomana, mejor dicho, una auténtica Mujer.

Después de muchos papeles y muchas inseguridades, cinco meses pasaron y allí estábamos los dos, frente al juez claro, declarando nuestra intención de amarnos todo el tiempo que la vida nos dejara. No fue bonito, no fue concurrido, necesitamos varios traductores que tornaban el evento bastante impersonal. Ella no hablaba el idioma de mi tierra, entre nosotros nos entendíamos en un tercero, aquello parecía una película de los hermanos Marx.

Una vez casados, apliqué inmediatamente por la visa para volver donde ella vivía, donde ella todavía me esperaba, en la casa que habíamos compartido, y que ahora, ella, estaba habitando y pagando sola. No sé cuánto tiempo pasaría, pero no me podía perdonar esta situación, aún a sabiendas de que no era 100% responsabilidad mía. Dejarla abandonada, expectante, corriendo ella sola con todos los gastos, emocionalmente devastada… Mi Sophie. Lo que yo daría por sentirte entre mis brazos cada noche.

Pasó mucho tiempo, sus amigos le aconsejaban que me dejara, mi familia me aconsejaba que me olvidara. Ninguno de los dos estábamos dispuestos a seguir consejos.

Ella se refugiaba mucho en su mejor amiga, aquella que conocía desde que tenía 18 años. Aquella con la que intercambiaba diarios y vivencias por escrito u oralmente cada vez que la vida les regalaba una oportunidad. En aquel momento su amiga acababa de volver de Ecuador, se pasaban horas contándose anécdotas, compartiendo penas, dolores, alegrías y esperanzas. Era lo único que me daba paz, saber que ella tenía un apoyo moral, un apoyo indispensable e incondicional.

Pasaron los meses, que en realidad nos parecieron años. Estábamos desesperados a ratos, a ratos tristes, a ratos acostumbrados a una vida que no habíamos elegido, que no queríamos.

Seguíamos aplicando a papeles sin sentimientos que nos dejaran compartir nuestra vida. Dos veces me denegaron el maldito permiso. No querían acogerme, no querían que volviera a pisar aquella pavimentada nación. Sophie movió todos los hilos que estaban en sus manos. Fue varias veces hablar en mi nombre con los del Ayuntamiento o La Mairie, con los del registro, con los de todos los poderes civiles locales a los que podíamos acudir.

Finalmente, el día llegó, no nos lo podíamos creer, todos nuestros esfuerzos habían dado sus frutos. El estúpido papel clamó su existencia. Me vino sellado: era bienvenido de vuelta a aquella nación. De regreso al país de los miserables.

Pero no pensaba dejar que esos sentimientos de rencor malgastaran y ajaran mi carácter. Había mucha Sophie que besar, muchos centímetros de su cuerpo que acariciar.

Os aseguro que ahí no me iban a parar. Yo no iba a derrochar ni un solo segundo, iba a acabar con un maldito pasaporte, con la nacionalidad de aquellos que me quisieron fuera entre mis manos,

se lo iba a estampar en las narices a esos sangrones. A los que nos jodieron casi 2 años de nuestra vida, a los perversos burócratas que, sin entender absolutamente nada del mundo, hacen unas reglas que ni ellos mismos querrían seguir, a las que jamás podrían sobrevivir manteniendo una mínima cordura.
Vaya humanidad tan hipócrita. Vaya hipocresía tan humana.

LLUNA

La noticia nos había llegado cuando ya no la esperábamos: Le habían dado la beca, le habían concedido la oportunidad de vivir un año en el extranjero, dando clase en la universidad, investigando unos sistemas tecnológicos que harían avanzar al susodicho país al que nos dirigíamos, que se encontraba en un nivel de desarrollo inferior al nuestro.

Hacía ya meses que había aplicado por la beca, nos habíamos sentado a discutirlo cuando llevamos solamente medio año viviendo juntos. Veíamos el fin de los trabajos que teníamos en aquel entonces acercarse, los contratos temporales es lo que tienen. Él encontró esta opción, cumplía todos los requisitos, no podíamos desaprovecharla.

Echó los papeles y nos lanzamos a una aventura psicológica que nos persiguió durante semanas. Elucubramos, soñamos, mantuvimos esperanzas, que, poco a poco, empezaron a evaporarse lentamente. No es que las perdiéramos, es que el tiempo hace estragos, y fuimos encontrando otras cosas en qué pensar.

Aquel miércoles llegó la noticia. Un email. Que moderno todo. Un email en el que decía que en 2 meses partiríamos, que estaríamos un año en Ecuador, que nos íbamos los dos y nuestro gato, que nos recibirían con los brazos abiertos, que habría que trabajar duro, pero que sería una experiencia positiva tanto para los proyectos de investigación, como para la universidad, como para nosotros. Un win-win para todo el mundo.

Estábamos embriagados de felicidad, no dábamos crédito. Nos podían las ganas y las ilusiones, no hay nada mejor que soñar para seguir soñando.

Sin embargo, no todo iban a ser alegrías y facilidades. Sabíamos a lo que nos enfrentábamos. Una mudanza internacional con un océano de por medio. Nos preparamos durante las 3 semanas que nos dejaron para solucionar nuestras cosas antes de partir. Le sacamos los papeles al gato, vendimos los muebles que nos quedaban de segunda mano, vaciamos la casa, lo dejamos todo listo para partir sin mirar atrás.

El viaje fue largo, largo, largo. La cantidad de maletas que cargábamos era inmanejable. Necesitamos ayuda tanto en el aeropuerto de salida como en el de llegada. Aun así la ciudad destino en la que aterrizamos no era hacia la que nos dirigíamos, no era en la que habitaríamos. Había que atravesar montañas durante horas en un coche alquilado semi destartalado que encontramos en una agencia de dudosa procedencia.

Los primeros días estuvimos alojados en un hotel, mientras encontrábamos apartamento, un sitio donde quedarnos, dónde hacer hogar durante los 365 días que se vislumbraban en nuestro hermoso horizonte.

Después de estas primeras semanas, aprendimos que en esta ciudad donde estábamos las casas se alquilan vacías, sin muebles, sin frigorífico, sin lavadora, sin cocina… absolutamente, sin nada de nada. Nos resignamos a la idea de tener que hacer una inversión inicial con la que no contábamos. Nos apretamos un poquito el cinturón y así lo hicimos, compramos, alquilamos, invertimos…

En el transcurso de todos esos procesos me di cuenta de que una mujer aquí no tenía valor, no pueden firmar ningún contrato, no pueden establecer ningunas condiciones, no existen si no es pegada al culo de un marido, un padre o un hermano. Esto me hizo plantearme muchas cosas con respecto a las sociedades, pero sobre todo me hizo plantearme quién soy, dónde estoy y qué es lo que pretendo… Las cosas iban a ser más difíciles de lo que en principio me había imaginado. No había contado con este desprecio hacia la mitad de la población que me dejaba inútil y dependiente.

De cualquier modo, fuimos llenando poco a poco los rincones de nuestro nuevo departamento.

Y entonces fue cuando noté lo impensable. Algo andaba mal conmigo, algo a lo que no encontraba una explicación lógica ni conocida, algo que no había vivido nunca antes. Mis sospechas fueron incrementándose con los días, tenía que tomar una determinación, tenía que decirle a mi marido, esto no se podía retrasar más.

Fui a la farmacia más cercana y me hice como una prueba de embarazo. Positivo. ¿De dónde había salido aquello? Es cierto que llevaba casi 3 meses sin el periodo, pero siempre he sido bastante irregular. ¿Quién se iba a esperar esto? Quedarte embarazada en el país dónde naciste y no enterarte hasta que aterrizas en un país extraño, en un ambiente hostil, y ahora, con la perspectiva de dar a luz como primeriza aquí.

Sentí una mezcla de miedo, alegría, temor, esperanza, culpabilidad por estar lejos de mi familia…. Un almizcle de sentimientos se apoderó de mí, de mi capacidad de planeación, de mi pensamiento, de toda la lógica que cupiera en mi cerebro.

Me sentí cansada, casi devastada. A la vez que mis ilusiones y mi ilusionar la carita de esta nueva vida se abrían paso inexorablemente en mi corazón.

Algo más me preocupaba. Mi marido trabajaba muchas horas, había ido aumentando paulatinamente su horario laboral hasta el punto en que nos veíamos escasas horas cada día. Me sentía bastante sola, en ocasiones no podía evitar llorar de soledad, gritar de desesperación, maldecir las insulsas decisiones que me habían llevado a aquel lugar, entre aquellas paredes que no se sentían mas que extrañas en mi alma. Si no llega a ser por mi gato, no sé cómo hubiera pasado por esto. Él me acompañaba, él intuía la tristeza anclada en el alma. Él me obligaba a prestarle atención a algo externo. Me sacaba de mi embelesamiento y me hacía evadirme de los pensamientos que me atormentaban. Bendito seas animalico. Me salvaste.

También me quedaba las eventuales charlas por Skype con Sophie. Hablábamos de vez en cuando, ella tenía unos cuantos problemas por su lado, bastante en qué pensar… Yo sentía que con el tiempo, todo se le arreglaría, pero la verdad es que tenía mala pinta. Nuestras comunicaciones eran bastantes asiduas, las dos estábamos muy solas. Las dos nos sentíamos abandonadas de la presencia más importante de nuestras vidas, aunque en realidad no lo estuviéramos, aunque en realidad no fuera así. Pero ese sentimiento de abandono, al pasar tantas horas encerradas en la nostalgia, es inevitable. Ese retiro cruel semi obligado pesa interminablemente. No es comparable con la soledad que uno elige. Separación y añoranza a la que las dos estabamos acostumbradas, sin embargo, esta nueva forma de soledad era abrumadora, un castigo, inapelable, inviolable, deprimente… Ella al menos pasaba más horas hablando con su deportado marido por Skype que yo en persona con el mio…

Mi vientre fue creciendo, a la par y a una velocidad parecida a mi amistad con Karla, una de las compañeras de trabajo de mi marido. Una mujer que decidió no permanecer más que su jornada laboral en su puesto de trabajo. Me fui sintiendo poco a poco cada vez más acogida, menos abandonada. El embarazo, aparentemente, iba perfectamente.

Pasaba las tardes con Karla. Es una persona llena de luz, de fe y de sabiduría. Sus 50 años y su nacionalidad le aportaban maravillosas experiencias y anécdotas para contar. Un mundo de historias, si lo comparamos con mi escasa treintena. Su apoyo fue incondicional y realmente útil. Fue como una hermana comprensiva, una prima cercana y amable. Ella vino enviada a paliar mi desconsuelo.

Hasta que ella entró en mi vida, no solo me había sentido sola físicamente, si no a nivel emocional. La aflicción que yo sentía no era únicamente por las ausencias de mi marido, sino también por la falta de apoyo de mi familia con respecto a mi embarazo. Mis hermanas, mis padres, no soportaban el hecho de que estuviera tan lejos de ellos, los míos no querían quedarse sin conocer a su nuevo sobrino, nieto, primo en el mismo momento en el que pisara este mundo. Pero actuaban desde el egoísmo. Me echaban en cara que estuviera ausente, que me hubiera ido. Me imploraban que volviera, pero no simplemente porque me echaran de menos, sino porque no podían soportar la idea de que hubiera una brecha en la piña unida que conformábamos. Algunos de ellos me retiraron incluso la palabra.

Sin darse cuenta, ellos me habían dado de lado. No hacían más que deprimirme y hundirme con sus reproches, con sus recriminaciones y sus quejas. Aumentaban mi desaliento, mi sentimiento de culpabilidad y, de hecho, no solucionaban nada. Yo estaba atrapada por la carrera laboral de mi cónyuge. No es como si tuviera elección.

Y a la par que sentía a mi esposo alejarse, veía la cercanía con mi familia cada vez más inexistente, más débil, desvalida.

Fue por septiembre, cuando estaba a aproximadamente a un mes de mi fecha de parto programada, que nos hicimos una revisión extra, solo por comprobar que las cosas iban bien, solo por verificar que estaba todo en orden.

Cuál fue mi sorpresa cuando la ecografía nos mostró que no era así.

El doctor nos confirmó que la bolsa se había rasgado, que yo había ido perdiendo el líquido amniótico por el camino, a base de ligeros derrames. Mi hijo se había quedado sin suficiente líquido en el que flotar, en el que sentirse acogido. Líquido que por otra parte limpia los desechos que genera el embarazo y aseptiza el entorno del feto. Líquido que lo protege de tragar y respirar sus propios desechos. De este modo mi hijo había ido tragando suciedad en los últimos días, sus pulmones se habían visto afectados: había que sacarlo de ahí, era asunto de máxima urgencia. Un problema de vida o muerte.

Ni siquiera nos dieron la opción de volver a casa. Una cesárea de urgencia fue practicada habiéndome ingresado rápidamente en el hospital. En el proceso de la operación, mi hijo salió, lo limpiaron, lo revisaron, y lo metieron intubado en una incubadora. Lo alejaron de mí. Se lo llevaron sin que siquiera lo hubiera tocado. Me sacaron un cuerpecito de mis entrañas y me lo arrebataron inmediatamente. Me arrancaron el corazón que había estado haciendo latir a mi alma y a mis esperanzas. Me lo quitaron. Quería llorar…

Éste no era un hospital pediátrico. No me dio tiempo casi ni de verlo, éso me dolió más que el hecho de que me dijeran que me tenían que hacer otra intervención quirúrgica urgente. Había desarrollado piedras en la vesícula, tenían que extirparla o podría derivar en una infección generalizada.

Yo estaba aturdida. Nada de esto podía estar pasando. Esperaba ansiosamente despertar de este mal sueño de un momento a otro. Oía la voz del médico como si me hablara desde la distancia. Con un eco metálico de fondo que me hacía sentir aislada dentro de algún objeto hermético. Oía también los latidos de mi corazón retumbando en mis tímpanos. Aunque quizá no era mi corazón, quizá era el de mi niño.

Toda esta información que me daba el doctor, a mi ver, sólo significaba una cosa: que aún estaría más tiempo encerrada en este hospital para adultos, alejada de aquel otro infantil donde mi hijo pasaría los siguientes días y semanas, columpiándose en el pequeño filo que separa la muerte de la vida en algunos momentos de esta.

No me podía que esto fuera la vida real, mi realidad. Me quería morir. Toda esa ilusión que hacía meses sostuvimos en nuestro país de origen, todos esos ahorros que hemos conseguido con duro trabajo a este lado del océano serían invertidos ahora en salvar la vida de mi hijo y la mía. Todas nuestras paciencias y todos nuestros sueños acabarían en el cubo de la basura. Ahora solo importaba una cosa, que mi hijo sobreviviera. Y yo para verlo.

Karla estuvo ahí cada día, conmigo, apoyándome, dándome aliento, vigilando a mi hijo, hablándome de él. Haciendo visitas al hospital dónde se encontraba en su pequeña cama, intubado. Vigilando mi casa donde yo no podía ir porque no podía abandonar esta fría sala de hospital en la que me recuperaba. En la que únicamente tenía la sensación de perderme minutos precisos de la vida de mi hijo. Quizá los últimos.

Maravilloso el día en que me dijeron que ya podía abandonar la cama en la que estaba postrada. Me advirtieron que no solo debía superar los problemas que una cesárea ya de por sí trae; además, debía cambiar mi estilo de vida, mi alimentación, mi dieta, debía evitar el estrés. Jajajaja. Evitar el estrés. Que le digan eso a una recién parida primeriza cuyo hijo tiene su joven vida pendiente de un hilo pudiendo morir en cualquiera de las siguientes horas…

Me fui corriendo a ver a mi retoño, al que le quedaban todavía varias semanas en el hospital. Ahora al menos se me permitía ir a verlo, a darle el biberón, intentar que comiera, intentar que sintiera mi piel cerca de la suya, mi presencia. Todo evolucionaba favorablemente, pero había que controlar las esperanzas, no se cansaban de advertirnos…

Así pasaron las semanas, a medio camino entre la falta de sueño, la falta de salud, los dolores post parto, los problemas digestivos, y los grandísimos e interminables problemas emocionales: mi desesperación materna, mis nervios, mi imposibilidad de ir al baño, mi necesidad de estar piel con piel con mi hijo. Los cada vez más fuertes despechos de mi familia. La falta de fuerza y decisión de mi señor esposo. Todo el día sentía deseos de llorar y, a pesar de ello, una fuerza instintiva me hacía continuar, seguir, luchar, mover montañas de donde solo se vislumbraban secos granos de arena.

Cuando lo sacaron de allí, volví a nacer.

Jamás, nunca, se me pasará por la cabeza despegarlo de mi piel.

KARLA

Y aquí me tocó vivir. En un país con una guerra encubierta, en un país con una cantidad de recursos derrochadora. En un país corrupto. En un país pobre, en un país desarrollado por debajo de sus posibilidades.

Aquí estudié, la universidad, el posgrado, en una familia de clase media venida a bien. Mi madre había huído de una guerra anteriormente. Se había venido hace 50 años huyendo de los disparos, las fosas comunes y las bombas. Aquí le habían dado cobijo, había encontrado marido, había trabajado, había sobrevivido. Es por aquello que ahora que este país que la había acogido con los brazos abiertos hace ya unas décadas, con una dictadura, pasaba hambre, y su sociedad se moría por falta de medicinas, mi madre no quiere abandonarlo, no quiere dejar este sitio que le salvó la vida cuando ya no le quedaba nada que perder...

Fue gracias a ella que acepté aquella beca para dar clase en la universidad. Gracias a sus insistencias, perseguí mis sueños. Ella quería que me sintiese libre. Gracias a sus ánimos llegué a Ecuador. Fue por ella que el destino me quiso hermanar con alguien en un país extraño para ambas, y así conocí a Lluna, viví una experiencia maravillosa y encontré una hermana incomparable.

Dar clase en la universidad fue un privilegio. Tener esta experiencia tan satisfactoria en el extranjero fue muy provechoso. Pero dentro de toda esta maravillosa aventura, indiscutiblemente lo mejor fue encontrarme con Lluna. Estuve con ella durante todo el doloroso proceso por el que tuvo que pasar tan lejos de su familia. La acompañé, la escuché, reímos, lloramos, nos hicimos compañía como dos amigas que se conocían de toda la vida. El día a día con Lluna tiene olor a magdalenas recién hechas. Estuvimos la una con la otra en nuestros momentos de bajón. Cuando yo me quedé sin alojamiento ella me hizo un hueco en el piso en el que vivía con su marido sin dudarlo un instante. Cuando ella estuvo en el hospital, soportando tormentos de dolor por no poder ver a su recién parido retoño, me aseguré de que mi ayuda llegara en los momentos adecuados allí donde ella podía tener más necesidad. Gracias al destino, aquello termino de manera feliz. En algún momento tuve mis dudas. Yo creo que todos las tuvimos. Pero cuando un niño se balancea entre la vida y la muerte, creo que nadie es capaz de perder la esperanza.

Después de aquel periodo, ellos se fueron de vuelta a su país cabizbajos. Con una mano delante y otra detrás. Habiéndose gastado todos sus ahorros en hacer que su hijo sobreviviera. Abatidos y, a la misma vez, conformes con la vida por haber salvado a su pequeño. Me dejaron huérfana de ilusiones, abandonada por la alegría, separada de una gente que había brindado un rayo de luz a mi vida.

Yo todavía me quedé unos meses. Pero me tenía que regresar, tenía que volver a donde no quería pisar. Dónde, a estas alturas, nadie querría aterrizar.

El infierno al que regresé era mucho peor del infierno del que me fui.

El país se iba sumiendo en la pobreza a pasos agigantados. La población estaba furiosa, pero inexplicablemente resignada. Habían reaparecido enfermedades que creíamos erradicadas desde hace tiempo. La inflación subía cada día y, con ella, obviamente, la delincuencia.

La mortalidad iba en aumento, las estanterías de los supermercados se mantenían vacías, el hambre hacía mella en los ánimos. Los enfrentamientos con la policía se hacían más y más frecuentes, y últimamente, terminaban irremediablemente en violencia. Los sueldos bajaban, la amargura y la tristeza arrastraban nuestras almas hacia sitios desconocidos para todos.

Cuantas cosas espantosas estarán pasando en este país de las que no nos enteramos, de las que somos felizmente ignorantes.

Las expropiaciones se sucedieron implacables, los racionamientos, la falta de productos subsidiados… Vivíamos en las mismas condiciones que si una guerra hubiera arrasado con nuestra gente, nuestra tierra y nuestro nivel de vida.

Las represiones comenzaron, las represalias, las suspensiones, las "supuestas" resistencias a la autoridad como justificación de atrocidades por parte del poder.

Mi madre me esperaba en este entorno, no sólo más vieja, también más avejentada por los sucesos, y más enferma. Pasamos los siguientes años yendo al médico cada muy poco. Tampoco es que el médico pudiera hacer nada por ella, mi madre fue perdiendo la circulación poco a poco como a cámara lenta. Su cuerpo la estaba abandonando, y no conseguíamos medicinas para paliar estos daños. Los hospitales estaban desprovistos de medicamentos, de instrumental quirúrgico, de anestesias… La gente moría en camillas improvisadas esperando una operación simple que, sencillamente, no se podía realizar por falta de medios. Irremediablemente llegamos al punto de tener que cortar las dos piernas.

Mi desesperación crecía por días, a veces, a pesar de estar rodeada de los dos seres que más quería, me sentía extremadamente sola. En esas ocasiones me acordaba de una anécdota que me contó mi hijo: un amigo suyo, que se fue a vivir a un país extranjero, y que no podía aguantar la extrema soledad que le invadía a ratos. Él, después de recibir permiso, se abrazaba a desconocidos en los autobuses para, simplemente, sentir un contacto con otro humano. Con este pensamiento, tan poético, seguía con mi vida, aferrándome cual abrazo a todo lo desconocido, porque a lo conocido no podía, sólo eran casquillos de lo que fue y nunca será de nuevo.

Y aquí me hallo. Yo, Karla la madre, con un hijo: José Gregorio en la veintena prácticamente desnutrido por la falta de alimentos con las que este país nos castiga. Karla la hija ocupándose únicamente de su madre, cuando podía estar trabajando en otros países y saboreando otras libertades. Karla la mártir, que en ocasiones no sabe si hace todo esto porque puede o porque quiere. Karla la paciente, que ha perdido las ganas. Karla la loca, que ha perdido el norte. Karla la maga, que recibe un pedazo de mantequilla al mes y lo aprovecha ávidamente para hacer un pastel.

Karla la que es mil personas menos ella misma. Porque Karla la Karla, es aquella Karla que ya no existe, aquella que está demasiado triste para seguir escribiendo.

Ánimo Karla.

JAVILETE

No sé de cuántos sitios he huido ya.

Descubrí mi estresante condición sexual viviendo en mi Venezuela adorada.

La única que me apoyó dentro de mi familia, una vez hecha mi confesión, fue mi madre, bendita sea ella.

Fuera de la familia tuve más de lo mismo, todos mis amigos varones me dieron la espalda. Irremediablemente empezaron los insultos, la distancia física, las inseguridades. Todos mis compañeros de clase y de deportes creían que los deseaba desde el mismo momento en el que posaba mi mirada en sus cuerpos. Mis amigas mujeres entendían algo más, sin embargo, también ponían tierra de por medio. El único que se quedó a mi lado, el único confidente que no se separó de mí, fue Lucas, el hijo de Karla.

En una ocasión, recuerdo volver de una fiesta universitaria, en España, sentados en un autobús que nos llevaba del campus al centro de la ciudad. La mayoría de los que viajábamos en el autobús estábamos bastante borrachos. Empecé a notar cuchicheos por la parte de delante, me miraban, se volvían disimuladamente, reían. Un grupo de 5 hombres que serían aproximadamente 2 o 3 años mayores que yo. Empecé asustarme, era época de novatadas y ello conformaría una buena excusa para cualquier atrocidad que se le pudiera hacer a un gay, a un julandrón, a un maricón, marica, o cualquiera de los mil nombres con los que aparentemente se creen con derecho a llamarme en cada país. Las miradas se prolongaron durante diez largos minutos. De repente se levantaron, vinieron hacia la parte de atrás del autobús donde yo estaba riendo y hablando con unos compañeros. Todo el autobús se movía ante los empujones de esos cinco fornidos orangutanes ebrios hasta las patas. Empezaron a insultarme, a llamarme princesa, a tocarme el pelo, estirarme de las orejas, cualquier cosa que se les ocurriera. En un determinado momento se fueron animando unos a otros y confesaron que me iban a hacer la sillita de la reina.

Entre cuatro de ellos empezaron a estirazar del asiento del autobús donde estaba sentado, el conductor, asustado, paró el autobús y mandó a todo el resto del mundo bajarse. Nos quedamos ellos cinco, yo, y el conductor lejos, tratando de llamar a la policía. Todos los que estábamos en ese medio de transporte sabíamos que la policía ni iba a venir, ni iba a hacer absolutamente nada.

Tal fue la fuerza con la que me zarandearon, tal fueron los estirones con los que castigaron el asiento en el que yo descansaba, que lo arrancaron de la estructura de metal que lo une al resto del autobús. Lo despegaron, me elevaron, y efectivamente hicieron aquello que habían prometido. Entre 4 me cargaron en sus hombros, me sacaron a la calle sentado en la silla. Me portaban como si de una figura católica en una procesión se tratara, como se carga a la sillita la reina cuando de jóvenes nos reuníamos en grupos, juntábamos las manos y llevamos alguna de las niñas presentes de un lado a otro del parque, cantándole una canción. En ese momento yo, aparentemente, era la reina, sentado en lo que quedaba de ese asiento, sobre los hombros de cuatro de esos macacos, y con uno dirigiendo la procesión, moviendo las manos en el aire como si poseyera una batuta. Todos entonaban una canción popular homófoba.

Realmente, la broma acabo ahí. Pasé una mezcla de miedo y frustración junto con una conocida sensación de sumisión. Fue una mezcla de emociones terrible. Odiaba la frecuencia de estas situaciones que me hacían sentir así: tan débil, tan impedido, tan limitado…

Por ello, Cuando Karla se fue a Ecuador, en aquel lejano entonces, se me hundió el mundo. Es más, se me hundió mucho antes, en el mismo momento en el que me dio la noticia de que se iba. José Gregorio quedaría a cargo de la abuela, con el escaso tiempo que le quedaba libre ocupado por sus cuidados. Además, la echaría tanto de menos que prescindiría de toda relación externa no ligada familiarmente. Madre e hijo estaban realmente unidos.

Fue en aquel momento cuando decidí que no podía seguir allí. No podía seguir en un país donde no podía tocar ninguna piel, un país en el que no podía descansar la cabeza en el vientre de nadie. Un país en el que no podía sentir amor. Básicamente lo que invadía mi corazón era un grandísimo sentimiento de huida. Necesitaba salir de allí. Y la situación económica y política era la gota que colmaba este vaso que, por otra parte, ya llevaba tiempo lleno….

Durante días luché contra mí mismo. Me hundí en un pozo del que no sabía cómo salir. No quería abandonar a mi familia, no quería abandonar a mi madre que tanto me había apoyado, que tanto me había soportado, que tanto me quería. No quería dejarla en un país como este, pero no podía sacarla de allí conmigo. No sabía si renunciar a mis sueños y quedarme a su lado, o dejarlo todo y zarpar en esta aventura sin destino ni comienzo fijo.

Un día, tratando de dejar todos mis problemas atrás, agarré mi maravillosa moto. 49 cm cúbicos de libertad que me llevaban, no solo allá dónde yo quisiera, sino también dejando atrás cada instante, cada problema, cada desfachatez que me había pasado, cada pensamiento minador que me rondaba la cabeza.

Subía la velocidad casi sin darme cuenta, así de cuantiosas eran mis ganas de dejarlo atrás todo. Pero en aquella ocasión subí tanto la velocidad que no me di cuenta que aquel brillo al fondo de la carretera no era el reflejo del sol, sino un charco de aceite que me esperaba con irónica paciencia, maldito.

Una vez que me di cuenta era ya demasiado tarde, estaba encima del charco, estaba derrapando, estaba apretando los frenos como si me fuera la vida en ello, porque me iba. Derrapé durante varios metros, con la moto tumbada, con la pierna quemándose en el contacto con el asfalto caliente, con las piedras del camino incrustándose en mi piel, llegando está mi hueso, oí varios crujidos. El dolor fue tan agudo que me desmayé.

Me desperté tres días después, en una habitación de un polideportivo que quería ser hospital, con unas sábanas ligeramente sucias encima mío. Con un doctor mirándome de manera dudosa. Llamaron inmediatamente a mi madre y fue ella quién me dio la noticia: me habían tenido que operar. Me habían tenido que cortar 2 metros de intestino delgado y empalmarme el resto. Una herida abierta en mi estómago había dejado salir todas mis vísceras y se habían esparcido por la carretera no muy lejos del punto dónde tuvieron que recogerme, con mucha ayuda para tratar de estropear mis órganos lo menos posible. Hicieron muy buen trabajo, decía mi madre, lo unieron todo, pero hubo algunos tramos de intestino de los que tuvieron que prescindir.

Jamás volvería a conducir mi moto. Jamás podría volver a hacer deporte, me quedaban meses de hospital. Meses de fisioterapia y muchas dudas sobre mi futura facultad de movimiento.

Cerré los ojos con mucha fuerza. Solo quería morirme. Acabar con esta pesadilla.

Pasaron los meses, durante los cuales salí del hospital e hice varias semanas de rehabilitación. Los dolores eran indescriptibles, no podía casi hacerles frente. Aullaba desde mi habitación y mi madre venía corriendo despavorida, descontrolada por la desesperación que le producía no poder ayudarme. Mis dolores, mis gritos, la estaban matando. Una vez pasados estos meses, la depresión parecía haberse instalado de manera permanente en mi vida. Mi madre ya no pudo más, un día viendo la tele al lado de la mesilla de camilla, se sentó junto a mí, me puso la mano encima del dorso de la mía, la cual descansaba en mis rodillas, y me dijo:

- Javilete, vete por favor, no te quedes más aquí. Aquí ya no hay nada bueno para ti. -

Siete meses después y con una maleta que pesaba exactamente 11 kg, cogí un avión a un destino que había elegido al azar, amparado por la visa abierta que dejó mi padre cómo herencia de un pasaporte europeo.

Me monté en aquel avión con un montón de horas de vuelo por delante. Hacia un destino del cual solo sabía el nombre, sin trabajo, sin casa, y cargado de las alas que me daban las mil noches que llevaba sin dormir, soñando y defendiendo mis esperanzas.

Allí llegué, despavorido, casi sin hablar aquel idioma. Me dirigí hacia una dirección que había encontrado en internet donde comercializaban alojamientos para viajeros de corta estancia. Un metro y dos autobuses tuve que tomar antes de llegar a la puerta. Increíble. Era la primera vez que montaba en metro.

Me tiré más de 8 horas para dilucidar el funcionamiento del mismo, montar en ese tren subterráneo, llegar a mi destino, averiguar el funcionamiento los autobuses, hacer los intercambios y llegar al edificio donde se supone debía dormir: toda una aventura.

Al mismo llegar era tan de noche que no me abrían la puerta. Habiéndo hecho varios intentos igual de improductivos el último que el primero, decidí sacar los 11 kg que cargaba mi maleta y quedarme a dormir dentro de la misma. En ello estaba cuando abrieron la puerta y una señora muy delgada con una piel grisácea me invitó a pasar. Tenía más de 70 años.

Fue así como comencé mi nueva vida. Pasaron los primeros días tratando de desenvolverme en una urbe monstruosamente grande. Para mi propio colmo, habitaba en un barrio de judíos, de los que llevan el atuendo jasídico al completo, dificultando mis posibilidades de relación con los vecinos. En las carnicerías no me atendían por no ser judío, en los "Internet Cafes" no me servían el té, las lavanderías se vaciaban en cuanto yo cruzaba la puerta los domingos por la mañana para hacer mi colada semanal (los sábados estaba todo cerrado con motivo del Shabat). Aunque he de puntualizar que la carne Kosher y Halal que podías encontrar en los supermercados me sabía igual de buena que si no lo hubiera sido.

En ocasiones, cómo descanso entre la entrega de currículums, la búsqueda de trabajo, la búsqueda de un alojamiento más propio, y el intento de abrir una cuenta bancaria en aquel país, me sentaba en algún banco, en algún bar, habiendo pedido una manzanilla, y escuchaba ese idioma tan extraño, tan improcedente, aquello que de lo que no entendía nada. Y amparado por este desconocimiento y este anonimato, agarraba servilletas y escribía hasta que acababa los bolígrafos que había tomado como souvenirs al rellenar los papeles de inmigración en el aeropuerto de entrada. Y escribía, escribía sobre mi angustia, allí donde encontraba un trozo de celulosa en blanco: en los kleenex, en las servilletas, en los billetes de metro, en los papeles impresos que encontraba cualquier lado. Escribía y me imaginaba a mí mismo dentro de 40 o 50 años, un señor mayor que había sobrevivido a todo esto, y que era feliz, acompañado solamente de quién quería compañía.

Con esas ensoñaciones fui haciendo vida, cómo se hace una vida es una pregunta que siempre le hice a Karla, es una pregunta que quedó sin respuesta, porque la vida se hace simplemente viviéndola.

Encontré trabajo, encontré un alojamiento en un edicicio compuesto de mini habitaciones con un par de baños y un par de cocinas compartidas por unos 30 inquilinos. Me abrí una cuenta bancaria, empecé a sentirme cómodo, a sentirme en casa. Hice algunos amigos, aunque siempre fui consciente de que cuando eres un extranjero, en realidad eres una atracción, la distracción, el mono de feria, siempre en el punto de mira de los curiosos.

Aún a pesar de empezar una vida social fructífera, sacaba siempre tiempo para hacer algunas caminatas a solas, para tomarme alguna cerveza a solas, para escuchar los conciertos de gente que se lanzaba al ruedo en pequeños escenarios en los bares de este maravilloso país que me había acogido sin rechistar. Siempre me ha gustado mi propia compañía.

Pero me faltaba el contacto humano. Aquí la gente es mucho más fría, mucho más individualista, las relaciones mucho más espaciadas. Un día, desesperado por tener un poco de calor de una piel externa, estando de pie en el autobús, estando el autobús completamente repleto, estando un maravilloso hombre que olía perfecto a mi lado, lo miré con cara de pena. Llevaba varios siglos definiendo mis tendencias sexuales, me sentía agradecido. Le pregunté: -- Disculpa mi impertinencia, hace meses que no abrazo a nadie, te importaría que descansara mi cabeza en tu hombro mientras dura este viaje de autobús-. Me sorprendí a mí mismo con estas palabras, mi desesperación había llegado a tanto que había nublado mi pensamiento. Había tomado súbitamente la decisión de dejar a mi boca pronunciar palabras que ni siquiera me había atrevido a pensar con anterioridad. Lo miré, seguramente con cara de perrito avergonzado, me sonrío, era también extranjero, había entendido el idioma de este país extraño para ambos que yo hablaba, un idioma roto, un acento originario de algún sitio lejano… Lo había entendido, lo había comprendido, aunque quizá, lo único que había entendido de verdad era la desesperación en mi mirada. Sorprendentemente afirmó con un movimiento lento y acogedor. Lentamente reposé mi cabeza sobre sus hombros y sentí que su mano me agarraba uno de los míos, ojalá este hombre se quedará mi lado siempre. Necesitaría de estos abrazos diariamente para ser plenamente feliz.

ANTHONY

En mi ciudad natal siempre me sentí un extraño. Caminaba por las calles y de vez en cuando me daba la sensación de que los edificios, las calles empedradas, el asfalto que cubría las carreteras, la gente que andaba por ellas… Tenía la impresión de que todo era un escenario. Todo estaba puesto allí de manera explícita, para que yo pasará por él, para que yo caminara esas calles que parecían de cartón piedra, para que yo viera a esas personas simulando llevar vidas normales que estaban más allá de la realidad.

Nunca compartí el sentimiento de pertenecer a ningún sitio, escuchaba a mis compañeros de clase y me sorprendía de las barbaridades que decían. Se sentían llenos con el amor a una ciudad, a una casa, a unos muebles, a unas costumbres, a unas tradiciones... Nunca pude participar en esos pequeños entusiasmos. Yo necesitaba expandirme como los gases, ocupando exactamente todo el espacio que se pudiera ocupar: el mundo. Aunque era consciente de que mi condición de ente sólido me condenaba a visitar los lugares por turnos.

Por aquella época yo tenía una maravillosa vecina que había recorrido medio mundo. El último sitio en el que había estado era Austria, pero había viajado a Australia, Japón, varios países de Asia, Emiratos Árabes…era una mujer con miles de experiencias.

Muchas veces, cuando había terminado los deberes y ya había estudiado los exámenes, salía de mi casa y a un rellano de distancia, me encontraba de bruces con su puerta. Llamaba, sin preocuparme si molestaba o no. Ella tenía aproximadamente 20 años más que yo. Por aquella época, todo el tiempo que me sobraba se lo dedicaba a ella, a escucharla, a comprenderla, a admirar sus historias, su vida, sus hazañas.

Ella venía de un pueblo pequeño. Compartía amistad con todas las chicas del pueblo, con las que se juntaba a tomar algo asiduamente. También frecuentaba a menudo a un primo hermano al que tenía mucha confianza: Liby. De joven había sido acosada sexualmente en diversas ocasiones. Nunca llegó a mayores. Nunca llegaron a profanar su cuerpo. Pero pasó tanto miedo qué decidió que la libertad estaba al traspasar aquellas fronteras. El acosador que la perseguía era un hombre que de mañanas trabajaba en un garaje, de tardes echaba las horas en un bar bebiendo licores bastante cargados de alcohol, y en las tardes noches perseguía a las muchachas del pueblo por las esquinas, tratando de acercarse lo máximo posible, diciéndoles múltiples barbaridades. Vania era una de ellas.

Llevaba aquella carga en silencio, tratando de no llamar la atención, arrastrando una mezcla de vergüenza y miedo. Durante meses nadie sospechó nada. Los meses se transformaron en años y su madre y su padre se dieron cuenta de que cada vez era más tímida, cada vez más callada, cada vez más retraída. Hubiera podido ser producto de la adolescencia y las inseguridades que se crean en ella, aunque de niña había sido siempre pizpireta y alegre. En secreto, para salir de dudas, ambos empezaron a seguirla en cada ocasión que salía de casa. La seguían después del instituto, al quedar con sus amigas, al volver de la academia... En algún momento su padre la siguió cuando ella salía de fiesta. Una fatídica noche su padre se dio cuenta de que no era el único esperando en la puerta de la discoteca donde su princesa disfrutaba de la compañía de sus amigas. El borracho del pueblo parecía estar perseverantemente postrado unos metros más allá. Lo que no sabía su padre es que esperaban a la misma persona.

Vania salió por la puerta, el padre se escondió, iba acompañada de otras mujeres, adolescentes como ella. Enseguida el borracho del pueblo comenzó a acosarla, a seguirla. Cuando Vania se despidió de sus amigas, él aprovecho para acercarse todavía más. Poco podía él saber que el padre de aquella criatura los seguía también. Después de varios intentos de acercamiento y de su hija ir doblando las esquinas, llegaron a casa, ella abrió apresuradamente la puerta de entrada. Pasó asustada, cerró tras ella. El borracho siguió su camino, perdido.

El padre tardó media hora más en subir a casa. Estuvo llorando desconsoladamente en una esquina. Un hombre hecho y derecho sollozando durante treinta largos minutos.

En las dos semanas que siguieron, no le quitó ojo al beodo, lo seguía allá donde fuera, y siempre encontraba al maldito en sus labores pervertidas. Lo más macabro es que no la seguía sólo a ella, eran varias niñas de doce años en adelante las que tenían que soportar sus baboseos y vejaciones verbales.

Fue entonces cuándo, en una reunión vecinal convocada por él mismo, confesó a los padres de las adolescentes del barrio lo que estaba pasando. Hoy era su hija la más hostigada, pero mañana puede ser la hija de cualquiera de vosotros, les dijo.

Un grupo de "cazadores" se formó en cuestión de minutos. Fue increíble la hermandad que unió a hombres tan diferentes, con intereses tan dispares. Cada uno fue a su casa, pensó que podría ser usado como arma, recogieron objetos contundentes pero comunes, de los que no se dejan rastro sospechoso cuando hieren un cuerpo. Con los que no se les pudiera acusar de portar claramente un arma blanca.

Habían ideado lo que ellos llamaban "Operación código de honor": desde cada casa podían ver la casa de algún otro implicado, era un pueblo pequeño. Por ende, todos ellos estaban comunicados gracias a la transparencia de los cristales en las ventanas de sus casa, en una línea finita de padres con sed de venganza. El día en que se hizo la señal convenida llegó, una noche, a las 19, cuando todavía el Sol no se había puesto, en la casa de Vania la luz del salón se encendió cinco veces seguidas: tres cortas, una larga, una corta. Esa señal se fue transmitiendo de casa en casa para enviar el mensaje a todos los padres, los cuales llevaban varios días a la expectativa.

Dos horas después todos salieron de sus casas, se encontraron en el sitio acordado, lejos del pueblo. Uno de ellos fue a la puerta de la discoteca y comenzó a esperar pacientemente. Cuando Vania salió, el borracho salió detrás cual abeja siguiendo las flores. El acoso fue tan insistente que ella grito en esta ocasión, se le acercó demasiado. Al llegar ella a casa y subir, el borracho fue en busca de alguien más con quien desahogarse, cualquier otra adolescente que anduviera sobrepasando sus propios toques de queda.

El padre de Vania se le acercó, entabló conversación banal, reprimiendo las ganas de estrangularlo allí mismo. Lo invito a una cerveza, pretendió durante su actuación estar tan borracho como él. Le confesó que en la cabaña de su campo tenía un frigorífico lleno de los mejores alcoholes importados, se los había traído su cuñado, el que vivía en Francia exiliado. Lo llevó hasta el campo dónde, anteriormente, se había separado de sus compadres. Y de detrás de las sombras, aprovechando las oscuridades de la noche, salieron los demás progenitores, cargados con sus tostadoras, con sus sopletes, con sus martillos, con sus palos de golf, con sus azadas…

Según contaban, encontraron el cadáver 12 años después. Doce años en el que el borracho del pueblo se había dado por desaparecido, caído por alguna zanja o despeñado por alguno de los barrancos que los separaban de la población vecina. Bien es cierto que nunca nadie vino a reclamarlo ni a iniciar una búsqueda. Doce años en que el cuerpo estuvo entre zanja y zanja enterrado abonando los albaricoques. Doce años en los que los progenitores de todo el barrio compartieron un secreto que los uniría para siempre, respirando con una tranquilidad recuperada.

Un buen día Alberto, el guardia civil que había sido mandado hacía tres años a susodicho pueblo como destino definitivo, recibió una llamada. Unos niños, jugando entre los campos y atrapando saltamontes habían visto una calavera entre las raíces de un árbol frutal. Una vez desenterrado lo que quedaba del cuerpo, hubo que hacer la pertinente investigación y el eterno papeleo burocrático que siempre le ponía la cabeza como un bombo. La autopsia era muy complicada, aunque los forenses le habían confirmado que tenía huesos rotos a golpes por todo el cuerpo. Pintaba mal para Alberto, si había sido un asesinato el papeleo se multiplicaría y habría que llamar a la Benemérita nacional.

Con los calores de finales de julio que prometían un agosto infernal, se encontraba con el ventilador a toda potencia sentado en su despacho compadeciéndose de su mala suerte. Cuando, sin cita previa ni ningún otro tipo de preaviso, entraron seis hombres en la gendarmería. Los conocía a todos. No llevaba mucho tiempo destinado en estas tierras, pero sabía perfectamente quienes componían el vecindario, y estos señores pertenecían a él.

De manera rápida y atropellada confesaron, los seis, el mismo asesinato. Alberto quedó boquiabierto, no podía reaccionar, no procesaba lo que estaba pasando. Les pidió calma y que hablaran con toda la claridad de la que dispusieran. Los escuchó con la cabeza sostenida entre las manos, con un gesto impasible, sin dejar entrever ni un solo ápice de emoción, ni rabia, nada de nada. Conforme avanzaba el relato su cara iba tomando un tinte impávido, falto de expresión. Les prestó oídos a todos, contando la historia a turnos, en grupo, con todo lujo de detalles. Una confesión múltiple.

Una vez terminaron, los padres pensaron que quizá los arrestaría. Habían decidido ir allí a soltar lo que tantos años llevaban escondiendo, sabiendo lo que les podía esperar. Antes de abandonar sus casas para encaminarse a la gendarmería, se habían despedido de sus mujeres y algunos hijos tardíos que todavía quedaban viviendo en alguna de las casas.

Pero estaban dispuestos a afrontarlo. Alberto los miró a todos a la cara, uno por uno, despacio. Se tomó su tiempo hasta llegar hasta el último. Se levantó apoyándose en la mesa con los brazos, como si le costara un esfuerzo extremo, como si su cansancio llevara siglos acumulándose. Fue a la máquina que había en el pasillo, sacó un café, volvió, se sentó a la mesa, apoyo los codos en el tablero, cruzó las manos en frente de su cara, suspiró. Con una voz arrastrada les comento: ç

- Señores, ustedes nunca han estado aquí. Hoy no vino nadie a verme, hoy nadie cruzó esa puerta a confesar absolutamente nada. Han guardado un secreto durante 12 años, alarguemos esos 12 años todo lo que nos queda de vida. Los muertos, muertos están. El asesino tan buscado nunca será encontrado. Y, sinceramente, gracias por su trabajo -.

Siempre me fascinó aquella historia de Vania. La escuchaba y la escuchaba sin parar, sin cansarme, una y otra vez. Esas y otras miles que ella tenía guardadas en la recámara. Cuando Vania decidió tomar un vuelo para tomar vacaciones con Liby en Londres, me fui con ella. Vania fue quien le compró el billete a su amigo, quería animarlo e intentar hacer que olvidara una ruptura difícil por la que acababa de pasar. Yo, simplemente, no quería quedarme ni un segundo sin su compañía.

Decidido, allí es donde comenzaría mi independencia. Allí sería YO.

Ya con meses viviendo en aquellas tierras, pues Vanya había cambiado de destino dos semanas después de aterrizar, junto con Liby, me propuse visitar el cementerio judío que estaba cerca de mi casa. Siento una extrema atracción por el caos que reina en el desorden ordenado de las tumbas, contrastado con el ambiente de tranquilidad, silencio y respeto que se respira en el ambiente. Los cementerios judíos son como bosques semi descuidados donde las tumbas crecen como si fueran flores, encontrando su espacio aglutinadas en hermandades de paz eterna.

Tenía que coger tres autobuses para llegar a mi destino. Cuando hice el transbordo en el primero, estaba tan lleno que me tuve que quedar de pie. Qué pesadez, las grandes ciudades siempre están abarrotadas. Mi vista se posó en un joven, un muchacho que iba delante de mí, de pie también. Me miró, con cara de gato hambriento, con cara de dibujo animado desolado. Me habló en un inglés roto, rudimentario, que sin embargo, entendí perfectamente. Aunque lo que más comprendí, lo más comunicativo en todo su ser, fue su mirada y la esperanza escondida en su cara. No puedo creer que haya llegado hasta aquí cruzando mares, preservando el ansiado anonimato, para que un completo desconocido quiera descansar su cabeza sobre mi hombro.

Nunca había visto algo parecido. Quería quedarme con este hombre para siempre.

LIBY

Siempre he vivido en este pueblo. He de reconocer que no siempre fui como soy ahora. Todos tenemos esos momentos en la vida. De hecho, en cada vida en realidad hay muchas distintas encerradas.

En realidad son escasas las ocasiones en las que he salido de aquí, sin embargo eso no quita que haya cambiado a lo largo del tiempo, convirtiéndome en distintas personas en variadas épocas de mi vida.

Recuerdo encarecidamente mi primer amor, yo tendría unos 16 años, ella 15. Recuerdo especialmente aquella noche, la noche de su cumpleaños, la noche de San Juan. Vaya día para nacer, o mejor noche porque le dio por salir de madrugada. En el amanecer antes de la noche de brujas. El día más largo del año de cuando ya ha empezado justo el calor. Justo la condición climática que menos le gusta…

En aquella ocasión estábamos sentados en el balcón de mi casa, eran cerca de las 23:45, ella insistió en que siguiéramos despiertos, en que no la llevara a casa, en que no viéramos ninguna película, en que no hiciéramos nada específicamente. Quería ver los fuegos artificiales que se lanzaban en nuestro pueblo en la noche de San Juan, la noche de las brujas. Esos fuegos artificiales, comenzarían a las 12 de la noche, y duraban generalmente 15 minutos. Allí estuvimos esperando sentados en el balcón, sin frío ni calor, hablando de nimiedades diversas. En determinado momento, después de ver los fuegos artificiales que admiramos en silencio, ella me dijo: jamás voy a olvidar este momento.

Dos años más tarde ya lo había olvidado, vaya si lo había olvidado, y si no lo había olvidado lo pretendía bien. Me dejó, me abandonó, desertó de mí. Sus explicaciones no me valieron: ella quería estudiar en la universidad, salir de esta ciudad ínfima, viajar en algún momento al extranjero y trabajar allí durante un tiempo, o toda la vida, quién sabe. Yo quería que ella se quedará en el pueblo, que fuera peluquera, que no pisara la universidad. La quería a mi lado todo el rato, sinceramente. Estaba muy asustado de que ella, con sus estudios, con sus viajes, con su gente diferente que conociera por el camino, se separara tanto de mí, no ya físicamente sino psicológicamente, que lo nuestro fuera imposible. Lo que no me di cuenta, es que haciéndole presión en sentido contrario a sus deseos, solo conseguiría que el proceso se acelerara.

Lo que ella tenía planeado que durara una semana, se convirtió en varias semanas de separación sentimental premeditada, de ruptura, de súplicas, de amenazas, de vejaciones verbales… Estaba desesperado, no la quería dejar escapar, era mía. No podía imaginar un presente sin ella, no tenía absolutamente ningún futuro si no era a su lado.

El día que me dijo que quería dejarlo, esa misma tarde, simplemente no me lo creí. Pensé que le había dado algún tipo de aberrunto, que estaba desesperada por alguna cuestión y lo había pagado con esto. Para ser honesto, me asusté, pero no demasiado.

Al día siguiente la busqué como siempre, ella no me había llamado en todo el día, pero yo sabía sus horarios de memoria. Fui a buscarla sabiendo que me la encontraría por el camino. Me miró de lejos con una expresión semi angustiada, semi asustada, un atisbo de impaciencia se entreveía en sus ojos. Intenté comenzar como siempre habíamos comenzado nuestros encuentros, un saludo, un beso, agarrarla de la cintura…

Ella me paró los pies enseguida, y ahí, justo en ese instante, se me hundió el mundo. Comencé a darme cuenta de lo que iba a ser un proceso muy largo para aceptar que realmente no quería estar conmigo.

Lo intenté todo. Durante días la seguí. Yo no trabajaba, en aquella época tampoco estaba estudiando, tenía todo el tiempo para asegurarme recuperarla. La esperaba a la salida del instituto, a la salida de su casa, sabía el horario en el que iba a clases de inglés y francés, la aguardaba cuando iba al aula de teatro, la acechaba en cualquier esquina. Ella, sistemáticamente, me ignoraba hasta que la agarraba del brazo para interrumpirle su escapada o me interponía en su camino, obligándola a parar y escucharme.

Pasaban los días y yo seguía, con esperanzas, acercándome a ella, caminando a su lado, intentando convencerla de lo idílico de nuestra relación a cualquier hora del día, recordándole lo mucho que se arrepentiría de dejarme si no seguía a mi lado.

Ella guardaba silencio intentando seguir su camino. Echando el cuerpo ligeramente hacia delante para ejercer más presión sobre mi cuerpo que no la dejaba avanzar.

De vez en cuando me respondía que perderme era justamente lo que quería, que anhelaba, básicamente, olvidarme. Yo la rebatía, y ella seguía en silencio, caminaba en silencio, miraba al suelo, con la mente perdida mientras yo le hablaba, le argumentaba, le insistía… En algunas ocasiones el asomo de una lágrima lograba secarse en sus ojos antes de caer rodando por sus mejillas.

 En la puerta de su casa de aquella última tarde, le expliqué que quería morir antes que vivir sin ella, que esperaba que hubiera una guerra para que me mandarán a primera fila de batalla. Prácticamente un suicidio programado. Ella ya estaba harta, eran semanas las que la perseguía, y empezó a responderme con frases que se me clavan como puñales. En aquella maldita tarde me contestó:

- Si quieres suicidarte hay maneras más rápidas y que matan a menos gente inocente. Puedes tirarte por el balcón. - Ofreció como solución…

La verdad me abofeteó la cara, no me quedó sino encarar mi suerte. No iba a volver conmigo, lo tenía decidido desde el principio.

Había aguantado mi acoso y mis persecuciones durante tanto tiempo con el único fin de que yo fuera admitiendo la realidad de una manera más llevadera. No habían sido tiempos de dudas y de replantearse nuestro amor. Habían sido semanas de compasión. Realmente estaba curada de espantos, ya no iba a funcionar.

Decidí hacer un último intento, echar toda la carne en el asador, santiguarme y que sea lo que Dios quiera.

Un día, a las 16, la esperé a medio camino de sus clases. Salió de su casa, y yo cogí una de sus manos, la giré, y en la palma de la mano le dejé el anillo que ella me había regalado y la esclava que le pedí para mi cumpleaños, con el envés grabado con su nombre y la fecha en la que empezamos a salir. Le dije con lágrimas en los ojos que si no íbamos a estar juntos yo ya no quería sus regalos, sus recuerdos, las pequeñas joyas que me torturaban con su imagen. Lo que tanto tiempo le había costado conseguir y que me había regalado con todo el amor que cabe en un corazón adolescente.

Ella me miró, indiferente, como si no fuera su mente la que habitaba su cuerpo, como si, en su imaginación estuviera ya a años luz de esta situación. Contestó:

- Si me vas a devolver todos mis regalos, quítate las zapatillas, el jersey y los pantalones, que te los regalé en las últimas dos Navidades. -

Sacó una media sonrisa irónica y me miró a los ojos, retándome. No había manera de traspasar esa barrera infranqueable que se había construido a su alrededor. Estaba todo perdido. Se acabó.

Vivimos en un pueblo muy pequeño, unas semanas después la encontré, con unas amigas, en un bar del que yo prácticamente no había salido desde que me había mandado definitivamente al carajo. Me la había pasado en la espesa oscuridad bebiendo cubatas mientras mi piel se ponía gris por el exceso de alcohol y tabaco, sumado a la falta de exposición a la luz solar.

Estaba guapísima. Llevaba un vestido negro ajustado que le resaltaba un montón la figura. En mis ataques de rabia que acompañaban

mis días de seguirla a todas partes, le dije que se estaba poniendo gorda, que nadie la iba a querer ahora que estaba ganando peso. Pero era mentira, lo único que le había hecho ese peso extra era darle unas curvas en las que cualquiera querría perderse.
Estaba con sus amigas, y una conocida de ambos: Vania. Me vio, me saludó con la mano, me sonrió. No me guardaba rencores porque yo ya no le importaba lo suficiente como para hacerlo. Pero no se acercó. Yo seguí acodado en la barra, bebiendo. Alguno de los amigos con los que yo iba conocían a algunas de sus amigas, se acercaron, se saludaron, y uno de ellos se acercó a mí cabizbajo mirándome. Me preguntó si quería que nos fuéramos de allí, ya que Julia había llegado. Lo miré negando con la cabeza. Le contesté, a gritos para hacerme oír por encima de la música, que ya no me importaba. Él insistió si estaba seguro, porque ella se veía guapísima. Cité una frase que le había escuchado decir alguna vez a Vania: aunque la mona se vista de seda, mona se queda. No me lo creía ni yo, sabía simplemente que esa mujer ya no era para mí.
Salí del bar para fumarme un cigarro. Allí estaba de nuevo, fuera, hablando con una compañera. Una amiga suya checa que había venido de intercambio. Bilyana la abrazó, le sonrió, y le dijo:
- Vales muchísimo, tienes un mundo interior inmenso, no pierdas nunca tu fuerza, abraza siempre intensamente y no dejes que la distancia te haga perder el contacto con la gente que te quiere de corazón, la que te entiende con una mirada. -
Ninguna de las dos se había dado cuenta de que yo estaba detrás escuchando todo. Quise llorar. Ahora entendía, ella era demasiado para mí. Iba a tener que acostumbrarme a convivir con su ausencia.
Espero que la vida le depare cosas mejores de las que yo le hubiera podido dar.

JULIA

Viendo que este libro va llegando a su fin, me gustaría hablar con la mano en el corazón. Sacar un pedacito del fardo que todos llevamos cargando desde tiempos inmemoriales. Sacar un poquito de peso de mi equipaje para poder pasar ciertas páginas definitivamente. Y para ello hay que traducir los sentimientos en momentos. Y qué momentos…

Qué lindos momentos te regala la vida. Es increíble qué bonito puede llegar a ser todo si uno se empeña en ver el lado positivo de las cosas, si uno sabe encontrar las ventajas que hay detrás de cualquier supuesta desgracia.

Qué agradable poder apreciar cada día, mirar la vegetación con admiración, degustar los platos sencillos, ver el amor que hay en cada sonrisa, pararte a apreciar cualquier mirada que merezca la pena, seguir abrazando como si le fuera a uno la vida en ello.

Qué cautivante es sumergirse en la eternidad de cada momento, sentir con todo tu corazón desde los acontecimientos más dolorosos, hasta las alegrías más plenas.

Qué lindo es entregarte en cada suspiro sabiendo que eres extremadamente vulnerable.

Hay instantes en la vida que realmente merecen la pena, y hay otros que quizás son más normales, pero se le quedan a uno grabados a fuego en el corazón.

Recuerdo estar en Nápoles, completamente sola, con un mapa tratando de, simplemente, pasear, dejarme llevar, con la actitud de:

que me enseñe la ciudad lo que quiera enseñarme. Un hombre joven se me puso hablar en italiano, no entiendo, le hice saber. Le pregunté si quería decirme algo en inglés en español o en francés, los idiomas que más o menos puedo manejar. Empezó a hablarme en francés: era un argelino que estudiaba en Italia, toda su familia había llegado a Nápoles con la condición de refugiados políticos. Allí estaban estudiando el idioma y tratando de labrarse un futuro.

Como me había visto con el mapa me ofreció ayuda, por si estaba buscando un lugar concreto, le dije que no, gracias, estaba simplemente paseando. No consultaba realmente el mapa, lo llevaba en las manos como refugio psicológico. Se ofreció a pasearme por todo Nápoles, contándome pequeñas historias, anécdotas que sucedieron en algunos rincones. Fue una visita preciosa del Nápoles turístico y no turístico: una maravilla.

Todo el día se lo pasó caminando a mi lado. En algunos momentos dudé de sus intenciones, pensando que quizás quisiera algo a cambio. Ya sabemos todos, el oportunismo y la condición depredadora del ser humano. Aunque transmitía que no quería nada, sólo zafarse durante un rato de la soledad.

Se dejó invitar a un zumo de naranja antes de que yo cogiera el tren de vuelta a Roma. Me dio las gracias por el día, le había alegrado una jornada. El a mí también. Espero que hoy día esté bien.

También me gustaría mencionar dos paseos entre campos de vacas que he tenido la suerte de experimentar.

El primero fue por la noche, estábamos en un pueblo completamente a oscuras. No veíamos absolutamente nada, ni la palma de nuestra mano. Era un pueblo demasiado rural como para que el alumbrado público alcanzara allá donde el tránsito de las personas era muy reducido.

Empezamos atravesar aquel campo de vacas, yo con unas sandalias de tacón, con los tacones hincándose en la tierra árida del campo de cultivo sin ninguna piedad. Los dedos de los pies comenzaban a tocar la tierra a cada paso, seguía la mano que me tendió aquel que me guiaba, que tampoco es que supiera muy bien donde iba. Veíamos la luz de nuestro destino al final, a lo lejos. Una luz tenue de la casa hacia dónde nos dirigíamos.

Comencé a oír ligeros sonidos alrededor nuestro, apreté la mano mentora. Pregunté en voz baja por el origen de esos extraños ruidos. La respuesta me llegó con voz sosegada y confiada: son vacas. Me asusté ligeramente, luego recordé que los animales pueden oler tu miedo y decidí tranquilizarme. Comencé a ser más cautelosa, haciendo menos ruido, yendo más despacio para tratar de saber exactamente dónde pisaba. No quería asustar a ninguna vaca.

También empecé a mirar alrededor mío, a tratar de dilucidar en esta terrible oscuridad, con la ayuda de la luz de la luna, donde estaban las vacas. Pero solo conseguí ver el reflejo de la luna en pupilas perdidas, ojos atisbantes en medio de la negrura espesa, que acompañaban a esos ruidos pausados generados por la segunda masticación del proceso de digestión de las vacas. Esos ojos que nos observaban en mitad de la noche, mirándonos pasar. Esos ojos que reflejaban la poca luz que en la oscuridad había. Ojos que parecían juzgar la inoportuna impertinencia que habíamos cometido penetrando en su territorio a interrumpir sus quehaceres rumiantes.

No tenía miedo, pero estaba semi paralizada por la situación. Solo podía seguir andando torpemente, seguir mirando, y respirar entrecortadamente, a medio paso entre la histeria y la risa ahogada.

El segundo caminar de entre vacas me ocurrió en otro país,

Cansados los dos intentábamos dilucidar cómo acortar el camino de vuelta. La travesía de ida y la de vuelta andaban paralelas y estaban separadas por casas privadas y campos de vacas. Obviamente, muy bien pensado, eso fue lo que hicimos. Yo con unas manoletinas que se hundían más allá de la mitad, esquivando las mierdas inmensas que minaban el campo, tratando de no hacer aspavientos, tratando de pasar suficientemente alejada de las partes traseras de las vacas, por si acaso daban alguna coz… Todavía desconozco si las vacas dan coces. Saltamos la segunda valla para salir de aquel terruño, con los zapatos llenos de tierra húmeda, riendo. Disfrutando de la vida.

Hablando de sentimientos intensos, pero, malamente entendidos como negativos: recuerdo el sentimiento de traición que te persigue cuando han cometido una infidelidad contra tu persona en una relación donde pensabas que todo estaba claro y definido.

El humano tiende a pensar que las cosas son eternas, que los momentos se extienden hasta el infinito, que todo seguirá igual hasta…el fin de los días. Pero gracias a que no es así, podemos elegir entre conservar el camino que ya empezamos anteriormente o cambiarlo. Esa incertidumbre, es en realidad un efecto secundario de la suerte de disponer de libertad.

La vida está en constante evolución, todo cambia prácticamente a cada instante, y simplemente, cada momento, cada día, deberíamos plantearnos la posibilidad de elegir si seguir como estamos o cambiar total o parcialmente.

Sentirte traicionado es algo que te persigue cada día, cada momento, cada instante. Es una de esas cosas de las que uno no puede huir, porque no importa donde estés físicamente, te acompaña, está dentro tuyo, no te deja ni a sol ni a sombra, la única manera de superarlo es aprender a manejarlo.

Durante meses la traición era lo primero que recordaba cada día al levantarme y lo último en lo que pensaba al acostarme. Era un pensamiento negativo poderoso, grande, que se expandía tanto como yo le dejara, durante tanto tiempo como yo quisiera pensarlo.

Fue muy duro dejarlo atrás, creo que me costó alrededor de seis meses empezar a pensar otra cosa en las mañanas, que no me asaltaran esas sensaciones negativas de repente, a lo largo del día, como si fuera una mosca volando a mi alrededor. Seis meses hasta conseguir dormirme en la noche con la sensación de estar en paz, sin rencores, sin sed de venganza, pero, definitivamente, con una degradación de la confianza. Ligera, pero existente. Pero, como todo lo difícil por lo que tiene que pasar uno, salí más fuerte, salí más racional, salí conociéndome más a mí misma, sabiendo que soy capaz de cosas que jamás pensé pudiera superar. Con una confianza en mí misma que había crecido a alturas inesperadas.

Una vez madre, acontecen cosas muy divertidas, los hijos te traen unas alegrías que jamás hubieras imaginado si no los tuvieras. También muchas desesperaciones, obviamente, pero, haciendo cómputo global, la balanza se inclina hacia el lado positivo. Sobre todo, emocionalmente hablando.

Tus hijos serán siempre tus mejores maestros. Hay cosas que son muy difíciles de aprender si no te las enseña un hijo. Ver el hundimiento de alguna que otra expectativa, dándote un sopapo de realidad para aprender cada uno a afrontar sus propias frustraciones.

El caso es que, siendo ya madre, yo tenía una sudadera del club voleibol de Albacete, de cuando entrenaba de joven. Es la sudadera que siempre me llevaba a los viajes, con el fin estrátegico de que, en caso de que me pasara alguna desgracia, hubiera una pequeña identificación en mi persona que me sacara del más completo anonimato. Una sudadera, con el nombre de una ciudad, que podía dejar ver mi nacionalidad, y por ende llegar a extirparme de algún peligro o acelerar un contacto de emergencia con una embajada.

Bien, pues esa sudadera, me trajo cosas que yo no esperaba. La gente se ponía a hablarme, en ocasiones me chillaban: - Eh, la de Albacete -. Españoles con los que nos cruzábamos por el camino. En Escocia, hubo un muchacho que me decía que su hermana también había entrenado en ese equipo, que una de las entrenadoras había tenido un hijo con su cuñado…

Los españoles, cuando andamos por el mundo, nos gusta reconocernos unos a otros, nos gusta tratarnos como hermanos, aunque dentro del propio país no lo hagamos.

El sentimiento nacionalista es realmente curioso, se despierta cuando te encuentras en el metro de Londres, completamente solo durante meses, y escuchas una canción española, alguna canción antigua que cantaba tu padre y que hace que tu memoria se desperece y te ensalce momentos de cariño y nostalgia. Ese sentimiento de hermandad, de solidaridad para con tu país, ese sentimiento de pertenencia que te hace ponerte a cantar junto con otros espontáneos como si os conocierais de toda la vida. Identificándoos como hermanos de la misma madre patria. Curiosa sensación para una apátrida, os lo aseguro...

Esas cosas que pasan, esas maravillosas cosas que pasan cuando uno sale de su zona de confort sin saber qué narices va a pasar mañana...

Atrévanse, por favor. No son árboles. No se permitan echar raíces sin antes haber recorrido muchos kilómetros y haber ensanchado el alma hasta dónde le permitan sus límites...

ADRIÁN

Que bien me llevo con mi madre. Baila y canta sin parar. Hace rimas. Ríe ruidosamente. A ella no le da vergüenza hacer el tonto delante de la gente. A mí, a veces, me da una pizca que lo haga.

En las mañanas me hace cosquillas, en las noches me hace rimas para desearme dulces sueños. Juega al fútbol conmigo en el pasillo. Ríe, ríe, ríe.

Aunque me obliga a hacer la cama, a plegar la ropa y a poner la mesa.

Todas las películas que veo tienen algún personaje que me recuerda a ella: alguien que baila, que canta o que ríe sin parar. Está loca mi madre…

Algunas tardes vemos un documental mientras mi madre se sube en la bicicleta estática. También nos lleva al parque y organiza cines en casa. Juega con nosotros a las cartas y coleccionamos cosas juntos.

Pero que bien me lo paso con mi mamá. Es genial. Aunque a veces se enfade y grite. Pero casi siempre ríe. Aunque a veces llore en las películas, o sin películas porque está triste. Pero casi siempre ríe o llora, dice, de alegría.

Y es que, aunque me limpie sus besos, me gusta estar en su regazo.

MINERVA

Mi madre se la pasa escribiendo. A veces no sale de su habitación por horas. Aprovecha que nos deja en el colegio, y escribe, escribe, escribe.

En ocasiones, cuando está distraída, la miro. Ella no se da cuenta, pero sé que siempre está triste, y también sé que siempre está alegre. No se explicarlo con palabras, es una mujer un tanto peculiar.

A veces nos preguntan y nos sentimos raros, así es ella, así nos crio. Nos crio raros, distintos a los demás. Nos educó para pensar el porqué la gente hace lo que hace. Ahora ya no puedo dejar de pensarlo.

Nunca se ha escondido. En ocasiones sé que llora en silencio, pero la mayoría de las veces llora abiertamente. Dice que llorar no tiene nada de malo.

Ella siempre está ahí para mí, para mi hermano, sabemos que somos su prioridad. Me gusta cuando la cojo la mano y me la aguanta un rato, sonriéndome.

Casi cada noche, cuando me arropa, me dice que soy mejor persona de lo que ella nunca fue, o me pregunta cómo es que puede tener tanta suerte de tenerme. O me dice que soy la persona con el corazón más grande que jamás ha conocido.

Siempre dice que somos muy distintas, pero conforme crezco, cada vez se parece más a mí.

Ella no lo sabe, pero fui yo la que la escogió como madre. Me necesitaba.

Yo vine para complementarla, aunque ella siempre insista en que vine para vivir mi propia vida. Se equivoca, por mucho que intente apartarme a ratos para que yo haga mis cosas, estoy dentro de ella, ella está dentro de mí, no se va a librar tan fácilmente.

Se acabó lo que se daba.

Santa Rita, Rita, Rita, lo que se da no se quita.

No me reclamen el dinero por haber
comprado este libro.

Hasta otra.